Story for you

講談社＝編

tree
講談社

目次

装丁　名久井直子
装画　junaida

Story for you

魔女《まじょ》のパフェ友《とも》

柏葉《かしわば》幸子《さちこ》

「まだぁ？」

私《わたし》が作《つく》るいちごパフェをまつ妹《いもうと》のとこはかわいい。いつもは生意気《なまいき》な五歳児《さいじ》なのに。

「もうすぐだよ。お待《ま》ち！」

ききなれない声《こえ》？　誰《だれ》？

テーブルへ目《め》をやった私《わたし》は、真《ま》っ青《さお》になった。

とこの隣《となり》に魔女《まじょ》がいた。ほうきのかわりにスプーンをにぎって。

しわだらけの顔《かお》、たれさがった鼻《はな》。目《め》がつりあがっているというか怖《こわ》い。

「とこ、こっちきて！」

「どうして？」

とこは首《くび》をかしげた。

「ど、どこから入《はい》ってきたの？　ドアは鍵《かぎ》かけてるし、ここは十階《かい》よ。やだ、本物《ほんもの》？　えーっ！」

とこに来《こ》いと手《て》をふりながら、私《わたし》はパニックだ。

「ほうきで、窓《まど》から来《き》たんだよ。とこのパフェ食《た》べるぞ！　って気持《きも》ちに魔女《まじょ》のレーダーがピピッと反応《はんのう》したんだよねぇ」

「ああ。ほわほわのわくわくのどきどきのあまあまの、うれしいって気持《きも》ちがこの家《いえ》の窓《まど》からにじみだしててさ。あ、いちごパフェだって私《わたし》もわかったよ」

とこと魔女《まじょ》は、ねぇとうなずきあう。

「だ、だからって、他人《たにん》の家《いえ》に勝手《かって》に入《はい》ってパフェ食《た》べようなんて図々《ずうずう》しい！　誰《だれ》も招《しょう》待《たい》していません！」

「なら、招待《しょうたい》しておくれ、大好物《だいこうぶつ》なんだ」

「うん。ご招待《しょうたい》してあげる」

「とこ！」

「いいでしょ。お姉《ねえ》ちゃんの作《つく》るいちごパフェ、おいしいんだよ。今日《きょう》は特《とく》におじいちゃんちから届《とど》いたいちごを使《つか》うんだよ」

「いいねぇ。ご馳走《ちそう》しておくれよ。何《なに》もいいことないしさ。楽《たの》しいこともないし、哀《あわ》れな年寄《としより》に優《やさ》しくしてくれたっていいじゃないか」

「優《やさ》しくするって――。魔《ま》女《じょ》でしょ」

「魔《ま》女《じょ》にだって何《なん》にだって、こんな時《とき》はまんべんなく優《やさ》しくするもんだろ」

「そうだよ。みんなでまんべんなく助《たす》けあうんだよねぇ」

魔《ま》女《じょ》ととこはまたうなずきあう。

これでは言《い》い負《ま》かされてしまう。さっさと食《た》べさせて帰《かえ》ってもらうしかない。

あわてて作《つく》ったいちごパフェを、とこと魔《ま》女《じょ》と私《わたし》で食《た》べる。魔《ま》女《じょ》がいてもおいしいものはおいしい。

魔《ま》女《じょ》の目《め》が急速《きゅうそく》にたれさがった。優《やさ》しい顔《かお》になった。

「おいしかった。お姉《ねえ》ちゃんは大《おお》きくなったらいちごパフェ屋《や》さんになるんだよ」

「毎日通《まいにちかよ》うよ」

「結構《けっこう》です！」

「通《かよ》うよ。パフェ友《とも》じゃないか」

魔《ま》女《じょ》がにやりと笑《わら》う。

「パフェ友《とも》！」

とこがうれしそうに叫《さけ》んだ。

魔《ま》女《じょ》は窓《まど》からほうきに乗《の》って帰《かえ》っていった。

こんな時《とき》だからまんべんなく優《やさ》しくするもんだって、魔女《まじょ》がいった。そうだよなぁと思《おも》う。でも、いくらパフェ友《とも》だからって、

「ごちそうになりますぅ」

今日《きょう》、とこのとなりでスプーンをにぎっているのは幽霊《ゆうれい》だ。

柏葉幸子

（かしわば・さちこ）１９５３年、岩手県生まれ。『霧のむこうのふしぎな町』で、第15回講談社児童文学新人賞日本児童文学者協会新人賞受賞。『ミラクル・ファミリー』で、第45回産経児童出版文化賞フジテレビ賞受賞。『牡丹さんの不思議な毎日』で、第54回産経児童出版文化賞受賞。『つづきの図書館』で、第59回小学館児童出版文化賞大賞受賞。『岬のマヨイガ』で、第54回野間児童文芸賞受賞。

『夜《よる》カフェ』相談室《そうだんしつ》

倉橋燿子《くらはしようこ》

「毎週恒例《まいしゅうこうれい》の、『夜《よる》カフェ』オンライン相談室《そうだんしつ》の時間《じかん》で〜す！」

あたし、黒沢花美《くろさわはなび》はスマホに向《む》かって声《こえ》をかける。ラジオのパーソナリティー気取《きど》りだ。

「きょうの相談者《そうだんしゃ》は誰《だれ》でしょう？」

親友《しんゆう》の山田星空《やまだティナ》ちゃんが続《つづ》いた。

ティナちゃんとあたしは同《おな》じ中学《ちゅうがく》の二年生《ねんせい》。あたしの叔母《おば》さんが営《いとな》むカフェを借《か》りて、みんなで夕《ゆう》ごはんを食《た》べる場所《ばしょ》『夜《よる》カフェ』をいっしょに開《ひら》いている。親《おや》が忙《いそが》しくて、一人《ひとり》でごはんを食《た》べている小学生《しょうがくせい》と中学生《ちゅうがくせい》が対象《たいしょう》だ。

その『夜《よる》カフェ』では今《いま》、オンラインで相談室《そうだんしつ》を開催中《かいさいちゅう》。自粛中《じしゅくちゅう》、集《あつ》まれなくなった時《とき》に始《はじ》めたのがきっかけで、今《いま》も続《つづ》けている。

「きょうの相談者《そうだんしゃ》は、中《ちゅう》二の櫻《さくら》井《い》麗《うらら》ちゃんでーす！」

あたしは麗《うらら》ちゃんのスマホの画面《がめん》に向《む》かって、手《て》をふった。

麗《うらら》ちゃんは目《め》が大《おお》きくて、はっきりした顔《かお》だちをした大人《おとな》しい女《おんな》の子《こ》だ。

「あの……、わたし……、友《とも》だちが、ぜんぜんできないの……」

麗《うらら》ちゃんは、うつむいたままボソボソと言《い》う。

「あれま、それじゃ、あたしやハナビと同《おな》じじゃないの」

ティナちゃんがすかさずコメントした。あたしもすぐに続《つづ》ける。

「そうなの。あたしもティナちゃんも、学校《がっこう》では、ずっと一人《ひとり》ぼっちだったの」

「えーっ⁉」

麗《うらら》ちゃんはまっすぐに画面《がめん》を見《み》つめた。目《め》を大《おお》きく見開《みひら》いている。

同《おな》じ体験《たいけん》があると知《し》って安心《あんしん》したのか、麗《うらら》ちゃんはゆっくりと話《はな》し出《だ》した。

「あの、わたし……、中学《ちゅうがく》から東京《とうきょう》に来《き》たから、知《し》り合《あ》いはいなくて……。クラスには同《おな》じ小学校《しょうがっこう》から来《き》た人《ひと》たちが多《おお》くて、すぐにグループができちゃって……。部活《ぶかつ》にも入《はい》りそびれたまま一年生《ねんせい》が終《お》わって、二年生《ねんせい》になっても休校《きゅうこう》が続《つづ》いて……。ずっと一人《ひとり》ぼっち……」

「わかるなあ。すごくわかる……」

あたしは自分《じぶん》のことを思《おも》い浮《う》かべて言《い》う。

「わたし、学校《がっこう》に行《い》くのがいやでたまらない……」

「そりゃあ、そう思《おも》っちゃうよね……」

ティナちゃんがうなずく。あたしも小《ちい》さく息《いき》をついて言《い》う。

「あたしもね、〝ぼっち〟をやめたいって、思《おも》い切《き》って話《はな》しかけたりもしてるんだけど、クラスでは、あいかわらず〝ぼっち〟が続《つづ》いてて……」

「わたしは気《き》が合《あ》わない子《こ》と、むりして群《む》れるくらいなら、〝ぼっち〟のほうが気楽《きらく》だな」

きっぱりと言《い》ったティナちゃんの言葉《ことば》に、麗《うらら》ちゃんが一瞬《いっしゅん》息《いき》を呑《の》んだのがわかった。

「そんなふうに考《かんが》えてみたこともなかった。わたしは、人《ひと》からどう見《み》られてるんだろうって、いつもビクビクしてる。暗《くら》い子《こ》だとか、つまんない子《こ》だとかって思《おも》われているんじゃないかって、いろいろ考《かんが》えちゃって……。ああ、でも、なんか、ふしぎ。話《はな》しているうちに、ちょっとだけ心《こころ》が軽《かる》くなってきちゃった」

「良《よ》かったー!!」

ティナちゃんとあたしは、同時《どうじ》に声《こえ》をあげた。そうなんだ。近《ちか》くに話《はなし》を聞《き》いてくれる人《ひと》がいる。それが元気《げんき》の源《みなもと》になるんだ。たとえ解決方法《かいけつほうほう》は見《み》つからなくっても。

あたしだって、もしもティナちゃんと出会《であ》わなかったら、『夜《よる》カフェ』を作《つく》らなかったら、今《いま》もきっと麗《うらら》ちゃんと同《おな》じ、一人《ひとり》ぼっちのままだった。

「ねえ、麗《うらら》ちゃん。居場所《いばしょ》は学校《がっこう》だけじゃないよ。次《つぎ》は『夜《よる》カフェ』で会《あ》おうね！」

倉橋燿子

（くらはし・ようこ）広島県生まれ。上智大学卒業。出版社勤務、フリー編集者などを経て作家デビュー。「風を道しるべに…」シリーズほかで大人気を博す。児童書のおもな作品に、「いちご」「青い天使」「月が眠る家」「パセリ伝説」「魔女の診療所」「ドジ魔女ヒアリ」「ポレポレ日記《ダイアリー》」「夜カフェ」（以上、いずれもシリーズ作品）、『生きているだけでいい！　馬がおしえてくれたこと』『小説　聲の形』（原作・絵／大今良時）などがある。

カエル

前川《まえかわ》ほまれ

インターホンが鳴《な》る音《おと》が聞《き》こえて、電子《でんし》カルテから顔《かお》を上《あ》げた。すぐにナースステーションの一角《いっかく》に視線《しせん》を向《む》ける。病棟出入《びょうとうでい》り口《ぐち》を撮影《さつえい》するカメラ映像《えいぞう》には、小《ちい》さな身体《からだ》が映《うつ》し出《だ》されていた。私《わたし》は椅子《いす》から腰《こし》を上《あ》げ、リノリウムの廊下《ろうか》に踏《ふ》み出《だ》した。

病棟出入《びょうとうでい》り口《ぐち》のドアを開《あ》けると、茜《あかね》ちゃんが一人《ひとり》で立《た》っていた。昨日《きのう》と同《おな》じように髪《かみ》はポニーテールに結《むす》ばれ、斜《なな》めにショルダーバッグを掛《か》けている。口元《くちもと》を覆《おお》っている花柄《はながら》の布《ぬの》マスクは、手作《てづく》りだろうか。

「看護師《かんごし》さん、こんにちは。今日《きょう》もパパのお見舞《みま》いに来《き》ました」

快活《かいかつ》な声《こえ》を聞《き》いて、いつも通《とお》り病室《びょうしつ》に案内《あんない》しそうになってしまう。私《わたし》は苦《にが》い唾《つば》を飲《の》み込《こ》んでから、意識《いしき》して穏《おだ》やかな声《こえ》で言《い》った。

「こんにちは。面会《めんかい》のことについて、ママから何《なに》か聞《き》いてないかな?」

曇《くも》り始《はじ》めた丸《まる》い瞳《ひとみ》に向《む》けて、昨日感染対策委員会《きのうかんせんたいさくいいんかい》で決《き》まった内容《ないよう》を説明《せつめい》した。病棟内《びょうとうない》

での新型《しんがた》コロナウイルス蔓延《まんえん》を防《ふせ》ぐため、現在《げんざい》は家族《かぞく》であっても面会《めんかい》は禁止《きんし》となっている
ことを静《しず》かな声《こえ》で告《つ》げる。

「それじゃ、これからはパパと会《あ》えないってことですか？」

「ゴメンね。当面《とうめん》の間《あいだ》は、そうなるかな」

茜《あかね》ちゃんは毎日《まいにち》のように、入院《にゅういん》している父親《ちちおや》の面会《めんかい》に来《き》ていた。病棟《びょうとう》のホールでオセロやパズルで遊《あそ》ぶ姿《すがた》や、肩《かた》を並《なら》べながらジュースを飲《の》む二人《ふたり》を何度《なんど》も目《め》にしたことがある。そんな光景《こうけい》を思《おも》い出《だ》すと、胸《むね》に暗《くら》い影《かげ》が伸《の》びる。言《い》い訳《わけ》のように言葉《ことば》を続《つづ》けた。

「茜《あかね》ちゃんが面会《めんかい》に来《き》てくれたことは、ちゃんとお父《とう》さんに伝《つた》えるからね」

返事《へんじ》は聞《き》こえない。その代《か》わり、小《ちい》さな手《て》がショルダーバッグを漁《あさ》る仕草《しぐさ》が見《み》えた。茜《あかね》ちゃんが取《と》り出《だ》したのは、緑色《みどりいろ》の折《お》り紙《がみ》だ。

「さっき手《て》を洗《あら》って、アルコール消毒《しょうどく》はしました」

茜《あかね》ちゃんはそれだけつぶやくと、素早《すばや》く指先《ゆびさき》を動《うご》かした。慣《な》れた手付《てつ》きで、瞬《また》く間《ま》に緑色《みどりいろ》の折《お》り紙《がみ》が形《かたち》を変《か》えた。

「パパに渡《わた》して下《くだ》さい」

あわてて差《さ》し出《だ》した私《わたし》の掌《てのひら》に、一匹《いっぴき》のカエルがちょこんと乗《の》った。

「上手《じょうず》ね。お父《とう》さんってカエルが好《す》きなの？」

私《わたし》の質問《しつもん》を聞《き》いて、茜《あかね》ちゃんが首《くび》を横《よこ》に振《ふ》った。

「早《はや》く病気《びょうき》を治《なお》して、ケロッとした顔《かお》でお家《うち》にカエル」

丸《まる》い瞳《ひとみ》が茶色《ちゃいろ》く透《す》き通《とお》り始《はじ》める。マスクが口元《くちもと》を覆《おお》っていても、ほほえんでいるのが伝《つた》わった。茜《あかね》ちゃんは一度《いちど》頭《あたま》を下《さ》げると、エレベーターの方《ほう》へ消《き》えていく。

小《ちい》さな背中《せなか》を見送《みおく》ってから、踵《きびす》を返《かえ》した。そのまま、茜《あかね》ちゃんのお父《とう》さんがいる病室《びょうしつ》に向《む》けて歩《ある》き出《だ》す。受《う》け取《と》ったカエルが飛《と》び出《だ》さないように、自然《しぜん》と両手《りょうて》で包《つつ》み込《こ》みながら。

前川ほまれ

（まえかわ・ほまれ）１９８６年生まれ、宮城県出身。看護師として働くかたわら、小説を書き始める。２０１７年、『跡を消す』で第７回ポプラ社小説新人賞を受賞後、デビュー。受賞後第１作『シークレット・ペイン　―夜去医療刑務所・南病舎―』が第22回大藪春彦賞の候補作となる。

へんな質問《しつもん》

藤谷治《ふじたにおさむ》

君《きみ》もつねづね、疑問《ぎもん》に思《おも》っているだろうけど、UFO《ユーフォー》というのは、どうしてあんなに、コソコソしているんだろうね。

いなか町《まち》とか山《やま》の中《なか》とか、そんなところにばっかり出《で》てきて、一人《ひとり》か二人《ふたり》に見《み》つけられるだけ。どうせ出《で》るなら、土曜日《どようび》のお昼《ひる》あたり、にぎやかなところに、どばーん！と現《あらわ》れたらいいようなもんじゃないか。

宇宙《うちゅう》から来《き》てるっていわれているのに、そこらを歩《ある》いている人間《にんげん》に見《み》つかるまでわからない、というのも変《へん》だ。世界《せかい》にはいくつも天文台《てんもんだい》がある。

宇宙人《うちゅうじん》が、ちょっと人間《にんげん》に似《に》ているのも、おかしい。宇宙《うちゅう》は広《ひろ》いんだから、宇宙人《うちゅうじん》だって、地球《ちきゅう》じゃ想像《そうぞう》もできないような形《かたち》をしてる方《ほう》が、むしろ当然《とうぜん》じゃないのかな。

……と、ぼくもずっと思《おも》っていた。だからやっぱり、UFO《ユーフォー》なんて、どうなの？って。

ところが、そうじゃなかったんだ。来《き》たんだよ、昨日《きのう》。ぼくの家《いえ》の前《まえ》に。

夜《よる》、寝《ね》ようと思《おも》って戸締《とじま》りをしていると、急《きゅう》に外《そと》がパーッと明《あか》るくなって、軽《けい》トラックくらいの大《おお》きさの円盤《えんばん》が、庭《にわ》に音《おと》もなくおりてきた。そいで下《した》からタラップみたいなものが出《で》てきて、中《なか》から背《せ》の高《たか》い男《おとこ》の人《ひと》が出《で》てきた。

「夜分《やぶん》おそくに、すみません」そいつは言《い》った。「ちょっと様子《ようす》を見《み》に来《き》ただけですので」

「あんた誰《だれ》だ」ぼくはたずねた。

「ぼくは……説明《せつめい》がむずかしいな」そいつは頭《あたま》をボリボリかいた。「ぼくはつまり……ことはちがう世界《せかい》の、ちがう未来《みらい》の人間《にんげん》です」

何《なに》を言《い》っているのか、さっぱりわからなかった。

「世界《せかい》というのは、この世界《せかい》ひとつっきりじゃないんです。無数《むすう》にあるんです」

「宇宙人《うちゅうじん》じゃないのか」

「そういう誤解《ごかい》は、よくされるんですが」そいつは言《い》った。「これは宇宙船《うちゅうせん》じゃなくて、別《べつ》の世界《せかい》にスライドして行《い》かれる乗《の》り物《もの》なんです」

「なんの用《よう》だ」ぼくは、それしか言《い》えなかった。

「用《よう》っていうか、様子《ようす》を見《み》に来《き》たんです」そいつは言《い》った。「ここは、大丈夫《だいじょうぶ》ですか？」

「何《なに》が」

「未来《みらい》は、大丈夫《だいじょうぶ》ですか、この世界《せかい》の未来《みらい》は」

「そんなこと、オレにきかれたって」ぼくはオロオロした。「オレ一人《ひとり》で、未来《みらい》なんか決《き》められないし」

「一人《ひとり》で未来《みらい》は決《き》められない……？　そうですか」そいつは、ぼくをじっと見《み》つめた。

「では、そういう未来《みらい》になる、ということになりますね」

そいつはペコリとおじぎをして、タラップに足《あし》をかけて、円盤《えんばん》に乗《の》りこもうとした。

「待《ま》て待《ま》て！」ぼくはあわてた。「どういう意味《いみ》だ、そういう未来《みらい》って!?」

「また来《き》ます」

そいつはそう言《い》って、円盤《えんばん》の中《なか》に入《はい》ってしまった。

そして円盤《えんばん》はすーっと空《そら》に上《あ》がって、消《き》えた。

どうする？　君《きみ》なら、なんて言《い》う？

また来《く》るってよ。

藤谷治

（ふじたに・おさむ）1963年、東京都生まれ。2003年『アンダンテ・モッツァレラ・チーズ』でデビュー。2014年『世界でいちばん美しい』で第31回織田作之助賞受賞。他の著書に『船に乗れ！』『花や今宵の』『燃えよ、あんず』『猫がかわいくなかったら』、新書『小説は君のためにある　よくわかる文学案内』『睦家四姉妹図』などがある。

夏《なつ》のぬけがら

海猫沢《うみねこざわ》めろん

いつまでもつづくとおもっていた蟬時雨《せみしぐれ》が終《お》わったあと、わたしはおとうとと虫《むし》とりあみをかついで、緑《みどり》の竹林《ちくりん》のあいだをふわふわとおよぐ夏《なつ》のぬけがらをつかまえにいった。

その日《ひ》のあさ、わたしはいつものようにおとうとの頭《あたま》を水《みず》でぬらしてねぐせをとってやり、昼《ひる》ごはんのそうめんをのどのおくにすべらせるようにおなかにおさめてサンダルをはくと、おとうとといっしょに家《いえ》の前《まえ》にひろがっている水《みず》のはられた田《た》んぼのあぜ道《みち》をとおって、神社《じんじゃ》の境内《けいだい》の近道《ちかみち》をぬけて石橋《いしばし》をわたり山《やま》をのぼった。しめった土《つち》のうえでひやされた落《お》ち葉《ば》や木《き》の皮《かわ》やロウソクや花火《はなび》の燃《も》えかすには夏《なつ》がしみこんでいて、ふんづけるとそこからじわりとしみだしたものに足《あし》をとられそうになる。

墓地《ぼち》の裏《うら》にある竹林《ちくりん》にちかづくにつれて、わたしたちは足音《あしおと》をたてないように猫《ねこ》みたいなつまさき歩《ある》きになって、虫《むし》とりあみを両手《りょうて》でかまえる。入道雲《にゅうどうぐも》が強《つよ》すぎる日差《ひざ》しをさえぎり、竹林《ちくりん》をぬりつぶすようにひろがった影《かげ》のなかで、ふっと夏《なつ》のぬけがらがあらわれる。

それはうすい色《いろ》がついたゼリーみたいにすきとおっていて、ひとつひとつが、くらげみたいにひざのあたりの高《たか》さでただよっている。おとうとがそれを虫《むし》とりあみでつかまえるが、すぐに消《き》えてしまう。むちゅうになってあみをふりまわすようすを見《み》ていると、どこからともなくまた蟬《せみ》のなきごえが響《ひび》いてきてあたりがまっくらになった。

どのくらいたっただろう。

いつまでもつづくとおもっていたくらやみの中《なか》で、だれかがわたしの頭《あたま》につめたい水《みず》をかけた。蟬《せみ》のこえがやんで、あたりがあかるくなってどこからともなくお線香《せんこう》とお供《そな》え物《もの》のあまいにおいがただよってくる。

目《め》をあけると、白髪《しらが》のおじいさんがわたしにむかって手《て》を合《あ》わせている。横《よこ》にいる孫《まご》らしき小《ちい》さな子供《こども》が、おじいちゃんのあたまに手《て》を伸《の》ばして、ねぐせをいっしょうけんめいになおしていたかとおもうと、びっくりしたかおでわたしをみて、そばにあった虫《むし》とりあみを手《て》にする。

つぎのしゅんかん、わたしは夏《なつ》のぬけがらのひとつになっていて、小《ちい》さなこどもにつかまえられて消《き》えた。

海猫沢めろん

（うみねこざわ・めろん）１９７５年、大阪府生まれ、兵庫県育ち。高校卒業後、デザイナーやホストなどを経験し、文筆業に。『キッズファイヤー・ドットコム』で第59回熊日文学賞受賞。著書に小説『左巻キ式ラストリゾート』『全滅脳フューチャー!!!』『ニコニコ時給８００円』『愛についての感じ』『夏の方舟』、エッセイ『もういない君と話したかった7つのこと　孤独と自由のレッスン』『明日、機械がヒトになる　ルポ最新科学』『パパいや、めろん』など。

壁《かべ》の向《む》こうで

浅生鴨《あそうかも》

森《もり》から延《の》びる道《みち》は、大河《たいが》に架《か》かる細《ほそ》く長《なが》い吊《つ》り橋《ばし》を渡《わた》ったところでいきなり終《お》わる。橋《はし》の向《む》こう側《がわ》には壁《かべ》があるからだ。

もう何十年《なんじゅうねん》も前《まえ》に、恐《おそ》ろしい病気《びょうき》から逃《に》げてきた年寄《としよ》りたちが、病気《びょうき》に罹《かか》った者《もの》と二《に》度《ど》と出会《であ》わないようにと、村《むら》の周囲《しゅうい》に巨大《きょだい》な壁《かべ》を作《つく》ったのだ。

橋《はし》を渡《わた》り切《き》ったニキは、壁《かべ》の前《まえ》に立《た》って静《しず》かに空《そら》を見上《みあ》げた。

壁《かべ》はどこまでも高《たか》くそびえ立《た》っていて、その先端《せんたん》は雲《くも》の中《なか》へと消《き》えている。森《もり》から飛《と》んできた鳥《とり》も壁《かべ》を越《こ》えることはできず、その手前《てまえ》ですっと向《む》きを変《か》えて、再《ふたた》び森《もり》へと戻《もど》っていく。

一日《いちにち》の半分近《はんぶんちか》くは壁《かべ》が太陽《たいよう》の光《ひかり》を遮《さえぎ》るので、作物《さくもつ》の実《みの》りはよくないが、それでも病気《びょうき》が蔓延《まんえん》するよりはいいと年寄《としよ》りたちは言《い》う。

「壁《かべ》の向《む》こう側《がわ》にはもう荒《あ》れた世界《せかい》しかない。みんな病気《びょうき》で化《ば》け物《もの》になってしまったのだ。だから、あちら側《がわ》へ行《い》こうなどと考《かんが》えないことだ」

村《むら》の年寄《としよ》りたちは事《こと》あるごとにそう口《くち》にするが、それでも何年《なんねん》かに一度《いちど》、無謀《むぼう》にも壁《かべ》を越《こ》えようとする若者《わかもの》が現《あらわ》れた。もっとも彼《かれ》らがその後《ご》どうなったのかは誰《だれ》にも分《わ》からない。向《む》こう側《がわ》へうまく降《お》りることができたのか。それとも——。

伸《の》び放題《ほうだい》の雑草《ざっそう》に隠《かく》されているが、壁《かべ》の根元《ねもと》には二〇二〇と刻《きざ》まれていることをニキは知《し》っている。そして、そのそばに大《おお》きな割《わ》れ目《め》があることも。

割《わ》れ目《め》を見《み》つけたのは七歳《さい》になってすぐのことで、それ以来《いらい》ニキはここへ来《く》るたびに、割《わ》れ目《め》の奥《おく》へ金属《きんぞく》の棒《ぼう》を差《さ》し込《こ》んで、少《すこ》しずつ壁《かべ》を削《けず》っていた。初《はじ》めは指《ゆび》がほんの少《すこ》し入《はい》るだけだった割《わ》れ目《め》も、今《いま》ではもう腕《うで》をすっぽり入《い》れても手《て》が届《とど》かない。今年《ことし》、十三歳《さい》になったニキは女《おんな》の子《こ》にしては背《せ》の高《たか》いほうで、腕《うで》だってずいぶん長《なが》いのに、それでも奥《おく》に届《とど》かないのだから、かなり深《ふか》くまで掘《ほ》れているはずだとニキは思《おも》っていた。

この割《わ》れ目《め》のことはニキだけの秘密《ひみつ》で、大人《おとな》たちはもちろん、学校《がっこう》の友《とも》だちにも教《おし》えていない。もしも誰《だれ》かに知《し》られたら、病気《びょうき》が入《はい》ってくることを恐《おそ》れた大人《おとな》たちは、きっと割《わ》れ目《め》を塞《ふさ》いでしまうだろう。

コツン。コツン。割《わ》れ目《め》の奥《おく》に当《あ》たる金属《きんぞく》の棒《ぼう》がいつもと違《ちが》う音《おと》を立《た》てた。なんだろう。ニキは慌《あわ》てて棒《ぼう》を引《ひ》き抜《ぬ》き、割《わ》れ目《め》の中《なか》を覗《のぞ》き込《こ》んだ。真《ま》っ暗《くら》な穴《あな》の向《む》こう側《がわ》に、かすかに光《ひかり》が見《み》えるような気《き》がした。

「向《む》こう側《がわ》に届《とど》いたのかも」ニキは急《きゅう》に恐《おそ》ろしくなった。もしも、この穴《あな》から病気《びょうき》が入《はい》ってきたらどうしよう。化《ば》け物《もの》がやってきたらどうしよう。ニキは、思《おも》わず割《わ》れ目から一歩足《ぼあし》を遠《とお》ざけた。

「あっ」不意《ふい》に、割《わ》れ目《め》から金属《きんぞく》の棒《ぼう》が飛《と》び出《だ》した。何《なに》これ。え。これって、もしかして。向《む》こう側《がわ》からも誰《だれ》かが穴《あな》を掘《ほ》っていたんじゃないの。

ニキは金属《きんぞく》の棒《ぼう》をつかんで上下《じょうげ》に揺《ゆ》すった。しばらく棒《ぼう》の動《うご》きが止《と》まり、やがて棒《ぼう》が上下《じょうげ》に揺《ゆ》れた。

やっぱりそうだ。ニキはもう一度《いちど》、割《わ》れ目《め》を覗《のぞ》き込《こ》んだ。

「ねえ、誰《だれ》かいるの？　聞《き》こえる？」遠《とお》くから声《こえ》が響《ひび》いていた。女《おんな》の子《こ》の声《こえ》だ。おそらくニキと同《おな》い年《どし》くらいだろう。

「聞《き》こえるよ」ニキは答《こた》えた。

「ああ、すごい。すごい。本当《ほんとう》に壁《かべ》の向《む》こうにも人《ひと》がいたんだ」女《おんな》の子《こ》は感激《かんげき》したような声《こえ》を出《だ》した。

「うん、いるよ」ニキは大《おお》きな声《こえ》を出《だ》した。

「でも、そっちの人《ひと》って、みんな病気《びょうき》なんでしょ？」女《おんな》の子《こ》が尋《たず》ねた。

「ううん。誰《だれ》も病気《びょうき》じゃないよ。だって病気《びょうき》が入《はい》ってこないように壁《かべ》を作《つく》ったんだもん」

「そうなの？」

「そうだよ」

「だって、こっちに病気《びょうき》の人《ひと》なんていないよ」女《おんな》の子《こ》が不思議《ふしぎ》そうな声《こえ》を出《だ》す。

ニキの目《め》が丸《まる》くなった。壁《かべ》の向《む》こうは化《ば》け物《もの》の住《す》む恐《おそ》ろしい場所《ばしょ》。ずっとそう聞《き》かされてきたのに。私《わたし》と同《おな》じような女《おんな》の子《こ》が普通《ふつう》にいるなんて。

「だったら私《わたし》、そっちに行《い》ってみたい」

「おいでよ。私《わたし》もそっちに遊《あそ》びに行《い》くよ」

「それじゃ、もっと穴《あな》を大《おお》きくしなきゃね」

「大人《おとな》にも教《おし》える？」

「まだダメよ。今《いま》は私《わたし》たちだけの秘密《ひみつ》にしておこうよ」

「だよね」

たった今《いま》、新《あたら》しい世界《せかい》が始《はじ》まった。そう感《かん》じて、ニキは密《ひそ》かに胸《むね》を躍《おど》らせた。

浅生鴨

（あそう・かも）１９７１年、兵庫県生まれ。作家、広告プランナー。ＮＨＫ職員時代に開設した広報局ツイッター「@NHK_PR」が、公式アカウントらしからぬ「ユルい」ツイートで人気を呼び、中の人１号として大きな話題になる。２０１４年にＮＨＫを退職し、現在は執筆活動を中心に広告やテレビ番組を手がける。著書に『中の人などいない』『伴走者』『猫たちの色メガネ』『どこでもない場所』など。

機械《きかい》ウサギの発明品《はつめいひん》

オカザキ・ヨシヒサ

この世界《せかい》のあるところに、大《おお》きすぎもしなければ小《ちい》さすぎもしない、フモールという町《まち》があって、多《おお》すぎもしなければ少《すく》なすぎもしない人《ひと》びとが暮《く》らしていた。

フモールの町《まち》はずれには、巨大《きょだい》なお豆腐《とうふ》のような窓《まど》のない建物《たてもの》があって、機械《きかい》ウサギのヤン・ストロイという人《ひと》が住《す》んでいた。そう、彼《かれ》は人《ひと》だ。機械《きかい》ではないし、ウサギでもない。なのになぜ機械《きかい》ウサギかというと、ウサギの姿《すがた》をして機械《きかい》いじりばかりしているからだった。ヤン・ストロイは発明家《はつめいか》なのだ。

ある夜《よ》ふけのこと、彼《かれ》は完成《かんせい》した発明品《はつめいひん》の実験《じっけん》をするために助手《じょしゅ》のマーリクを呼《よ》んだ。

マーリクは十三歳《じゅうさんさい》の男《おとこ》の子《こ》で、まっ白《しろ》な仮面《かめん》をつけている。起《お》きているときも寝《ね》ているときもだ。でも不潔《ふけつ》なのは苦手《にがて》なので、顔《かお》を洗《あら》うときは仮面《かめん》をはずす。町《まち》の人《ひと》たちはみんな、ヘンだからやめろと言《い》ったが、機械《きかい》ウサギのヤンだけは、自由《じゆう》な自分自身《じぶんじしん》への第一歩《だいいっぽ》だな！　と言《い》って、食事《しょくじ》のとき口《くち》のまわりがパカッとひらくように仮面《かめん》を改造《かいぞう》してくれた。

さて、ヤンの新《あたら》しい発明品《はつめいひん》は、手《て》のひらサイズのふたつの人形《にんぎょう》だった。土《つち》のような金《きん》属《ぞく》のような手《て》ざわりで、ひとつは「あ」の形《かたち》に口《くち》をひらいていて、もうひとつは「ん」の形《かたち》にとじている。ふたつの人形《にんぎょう》を両手《りょうて》にもって、「あ」をにぎると体《からだ》が大《おお》きくなっていき、「ん」をにぎると小《ちい》さくなっていく。

マーリクはまず、「ん」の人形《にんぎょう》をにぎりしめた。すると彼《かれ》の体《からだ》はシュルシュルと小《ちい》さくなっていった。ヤンが巨大《きょだい》ウサギになり、実験《じっけん》テーブルの脚《あし》が巨樹《きょじゅ》のようにそびえ、実験《じっけん》室《しつ》の床《ゆか》が果《は》てしない荒野《こうや》のようにひろがってもなお、マーリクは小《ちい》さくなりつづけた。微《び》生物《せいぶつ》とおなじサイズになると、一瞬《いっしゅん》だけ、彼《かれ》らと話《はなし》ができそうな気《き》がしたものの、そのままさらに小《ちい》さくなっていき、とうとう原子《げんし》の中《なか》へ落《お》ちそうになった。

そこで今度《こんど》は、「あ」の人形《にんぎょう》をにぎりしめた。彼《かれ》はムクムクと大《おお》きくなっていき、微生《びせい》物《ぶつ》をあっという間《ま》にとおりこし、ヤンがなにか言《い》おうとしたときにはもう、実験室《じっけんしつ》の天《てん》井《じょう》をぶちぬいて巨大化《きょだいか》し、フモールの町《まち》のどの木《き》よりも高《たか》くなり、頭《あたま》が雲《くも》をつきぬけ、ついにはお月《つき》さまとおしゃべりできそうなほど大《おお》きくなったが、空気《くうき》がうすくて息苦《いきぐる》しいものだから、「ん」の人形《にんぎょう》をにぎりしめた。

マーリクがもとにもどるとヤンは、どのサイズがいちばんよかったかたずねた。するとマーリクは満足《まんぞく》そうに言《い》った。
「このサイズがいちばんだよ！」

オカザキ・ヨシヒサ

（岡崎祥久）1968年、東京生まれ。作家。「秒速10センチの越冬」で第40回群像新人文学賞、『楽天屋』で第22回野間文芸新人賞受賞。著書に『バンビーノ』『南へ下る道』『首鳴り姫』『独学魔法ノート』『ｃｔの深い川の町』『文学的なジャーナル』『ファンタズマゴーリア』『ポシーとポパー　ふたりは探偵』など。

争《あらそ》いのない国《くに》

矢野《やの》隆《たかし》

その国《くに》では争《あらそ》いが続《つづ》いていた。

ずっとずっと……。

この国《くに》で一番長《いちばんなが》生《い》きの老人《ろうじん》がまだ赤子《あかご》だった頃《ころ》から、争《あらそ》いは続《つづ》いている。今《いま》では国王《こくおう》ですら、なぜ敵国《てきこく》を憎《にく》んでいるのか解《わか》っていない。なのに争《あらそ》いは続《つづ》いていた。敗《ま》けられないという理由《りゆう》だけで憎《にく》み合《あ》っている。毎日毎日《まいにちまいにち》、人《ひと》が死《し》ぬ。敗《ま》けないために兵士《へいし》たちが死《し》んでゆく。

争《あらそ》う本当《ほんとう》の理由《りゆう》すら解《わか》らない戦《たたか》いは、どうすれば決着《けっちゃく》がつくのか誰《だれ》にも解《わか》らない。とにかく後《あと》に引《ひ》けないから、司令官《しれいかん》は「前《まえ》へ前《まえ》へ」と、うわ言《ごと》のように繰《く》り返《かえ》す。国王《こくおう》は民《みん》衆《しゅう》に「戦《たたか》え！」としか言《い》わない。国王《こくおう》も司令官《しれいかん》も、意味《いみ》などとっくの昔《むかし》に見失《みうしな》っているのに。

みな疲《つか》れ果《は》てていた。

「止《や》めよう……。こんな馬鹿《ばか》げた争《あらそ》いなんか、今《いま》すぐに止《や》めてしまおう」

誰《だれ》もがそう言《い》いたくて仕方《しかた》ない。なにかが変《か》われば、すべてが変《か》わるはずなのに、みんな口《くち》をつぐんでいる。

止《と》まらない。止《と》められない。争《あらそ》いは続《つづ》く。多《おお》くの兵《へい》が死《し》に、家族《かぞく》たちが涙《なみだ》に濡《ぬ》れて、敵《てき》を憎《にく》む。敵《てき》を憎《にく》んだ子供《こども》たちは、大人《おとな》になると銃《じゅう》を握《にぎ》って戦場《せんじょう》にむかう。

逃《のが》れられない死《し》の連鎖《れんさ》は、この先《さき》もずっとずっと続《つづ》くはずだった。

一人《ひとり》の青年《せいねん》が現《あらわ》れるまでは……。

彼《かれ》が行《おこな》ったことはたったひとつ。

配属《はいぞく》された前線《ぜんせん》で、睨《にら》み合《あ》う敵味方《てきみかた》のど真《ま》ん中《なか》で銃《じゅう》を捨《す》てて両手《りょうて》を広《ひろ》げ、泣《な》きながら叫《さけ》んだ。

「もう止《や》めようっ！」

青年《せいねん》は殺《ころ》された。撃《う》ったのが敵《てき》だったのか味方《みかた》だったのか。真実《しんじつ》は闇《やみ》の中《なか》に葬《ほうむ》られた。しかし青年《せいねん》の死《し》は、闇《やみ》に葬《ほうむ》られることはなかったのである。

青年《せいねん》が倒《たお》れる姿《すがた》を目《ま》の当《あ》たりにした兵士《へいし》たちが口々《くちぐち》に語《かた》り伝《つた》え、両国《りょうこく》の民衆《みんしゅう》の間《あいだ》に広《ひろ》まった。敵味方《てきみかた》の間《あいだ》に立《た》って止《や》めようと叫《さけ》んで撃《う》たれた青年《せいねん》は、人々《ひとびと》の友《とも》であり、子《こ》であり、兄《あに》であり、弟《おとうと》になったのだ。誰《だれ》もが青年《せいねん》の死《し》を我《わ》が事《こと》のように考《かんが》え、そして涙《なみだ》した。

〝もう止《や》めよう〟

その通《とお》りだ。

こんな愚《おろ》かなことはもう止《や》めよう。

青年《せいねん》の叫《さけ》びは人々《ひとびと》のスローガンになった。両国《りょうこく》のあらゆる場所《ばしょ》で民衆《みんしゅう》は立《た》ち上《あ》がり、徴兵《ちょうへい》を拒《こば》む者《もの》たちが次々《つぎつぎ》と現《あらわ》れた。前線《ぜんせん》でも変化《へんか》が起《お》こり始《はじ》める。兵士《へいし》たちがみずから銃《じゅう》を捨《す》て、睨《にら》み合《あ》いを止《や》めたのだ。

戦線《せんせん》を維持《いじ》できなくなった両国《りょうこく》の王《おう》は、ついに手《て》を取《と》り合《あ》った。

双方《そうほう》、得《え》た物《もの》はなく、失《うしな》ったものがあまりにも多《おお》い争《あらそ》いだった。

しかし長《なが》い悪夢《あくむ》は終《お》わったのだ。一人《ひとり》の青年《せいねん》の勇気《ゆうき》ある行動《こうどう》によって。

世界《せかい》は変《か》わる。変《か》えようと思《おも》えば。

悪《わる》い方《ほう》へも。

良《よ》い方《ほう》へも。

矢野隆

（やの・たかし）１９７６年、福岡県久留米市生まれ。２００８年『蛇衆』で第21回小説すばる新人賞を受賞。続けて『無頼《ぶら》無頼《ぶら》ッ！』『兇』『勝負《ガチ》！』など、ニューウェーブ時代小説と呼ばれる作品を手がける。また、『戦国ＢＡＳＡＲＡ３　伊達政宗の章』『鉄拳　the dark history of mishima』といったゲームのノベライズ作品も執筆し、注目される。近著に『源匣記　獲生伝』『愚か者の城』『とんちき　耕書堂青春譜』。

Stay《ステイ》 at《アット》 home《ホーム》 with《ウィズ》 an《アン》 alien《エイリアン》.

大倉崇裕《おおくらたかひろ》

部屋《へや》でぼんやりしていると、宇宙人《うちゅうじん》が現《あらわ》れた。地球《ちきゅう》を侵略《しんりゃく》に来《き》たらしい。

「私《わたし》は暴力《ぼうりょく》が嫌《きら》いなんだ」

皮膚《ひふ》ともスーツともつかない、黒光《くろびか》りする体《からだ》で宇宙人《うちゅうじん》は言《い》った。

「だから私《わたし》は、君《きみ》の心《こころ》に挑戦《ちょうせん》したい。どうだろう、地球《ちきゅう》をあなたにあげましょうと言《い》ってくれないか」

ボクが地球《ちきゅう》をあげますと言《い》ったら、いったい何《なに》が起《お》きるのだろう。未知《みち》の科学力《かがくりょく》を持《も》った宇宙人《うちゅうじん》だ。きっと何《なに》か途方《とほう》もない力《ちから》で、地球《ちきゅう》を我《わ》がものにしてしまうに違《ちが》いない。

宇宙人《うちゅうじん》は青《あお》く大《おお》きな目《め》で、六畳《じょう》一間《ひとま》の日当《ひあ》たりの悪《わる》い部屋《へや》を見回《みまわ》した。

「何《なに》もない部屋《へや》だな。目《め》につくものと言《い》えば、パソコンくらいだ。給料《きゅうりょう》は家賃《やちん》と食費《しょくひ》、スマホ代《だい》なんかで消《き》えてしまう。貯金《ちょきん》はゼロ。もし私《わたし》に地球《ちきゅう》をくれたら、もっといい暮《く》らしを約束《やくそく》しよう。おいしいものをお腹《なか》いっぱい食《た》べ、行《い》きたい所《ところ》に行《い》き、遊《あそ》びたいだけ遊《あそ》べるようにする。どうだい？　地球《ちきゅう》をあなたにあげますと言《い》う気《き》になったかい？」

ボクは少《すこ》し考《かんが》えてから答《こた》えた。

「三ヵ月前《げつまえ》だったら、喜《よろこ》んであげたんだけど」

「どういう意味《いみ》だね」

「いま地球《ちきゅう》は大変《たいへん》なことになっているんだ。ひどいウィルスのせいで、人《ひと》がたくさん亡《な》くなっているし、みんな家《いえ》から外《そと》に出《で》られない」

「知《し》っているよ」

「ボク、もう三ヵ月外《げつそと》に出《で》ていないんだ」

「それは、大変《たいへん》だな」

ボクは首《くび》を左右《さゆう》に振《ふ》った。

「全然《ぜんぜん》。仕事《しごと》は全部《ぜんぶ》リモートだし、生活必需品《せいかつひつじゅひん》はネットで買《か》える。少《すこ》しだけど国《くに》からもお金《かね》がもらえた。人《ひと》に会《あ》わなくてもいいし、外《そと》に出《で》なくてもいい。洋服《ようふく》なんて気《き》にしなくていいし、散髪《さんぱつ》にいかなくたって平気《へいき》、風呂《ふろ》に入《はい》らなくたって、誰《だれ》も気《き》にしない。そんな毎《まい》日《にち》が、とっても楽《たの》しいんだ。」

「風呂《ふろ》には入《はい》った方《ほう》がいいと思《おも》うが……」

「だから、あなたに地球《ちきゅう》はあげない。せっかく毎日《まいにち》が楽《たの》しくなったんだから」

宇宙人《うちゅうじん》に表情《ひょうじょう》はないが、腹《はら》をたてていることだけは理解《りかい》できた。

「忌々《いまいま》しいウィルスめ」

宇宙人《うちゅうじん》は煙《けむり》のように消《き》えてしまった。

翌日《よくじつ》、ウィルスは消《き》えていた。多分《たぶん》、あの宇宙人《うちゅうじん》がやったのだろう。

生活《せいかつ》はすぐ元通《もとどお》りになった。ボクは満員電車《まんいんでんしゃ》に乗《の》り、上司《じょうし》に怒《おこ》られ、行《い》きたくもない飲《の》み会《かい》に出《で》かけ、貯金《ちょきん》の残高《ざんだか》に一喜一憂《いっきいちゆう》しながら、どんよりとした毎日《まいにち》を送《おく》っている。

大倉崇裕

（おおくら・たかひろ）１９６８年、京都府生まれ。学習院大学法学部卒業。１９９７年「三人目の幽霊」で第4回創元推理短編賞佳作を受賞。１９９８年「ツール&ストール」で第20回小説推理新人賞を受賞。「白戸修の事件簿」「福家警部補」「警視庁いきもの係」のシリーズはテレビドラマ化される。アニメ「名探偵コナン」「ルパン三世」の脚本も手がけ、２０１７年公開の映画『名探偵コナン　から紅の恋歌《ラブレター》』、２０１９年公開の映画『名探偵コナン　紺青の拳《フィスト》』は大ヒットとなる。

顕微鏡《けんびきょう》のなかの未来《みらい》

小前亮《こまえりょう》

夢《ゆめ》を見《み》ているのだとはわかっていた。

ぼくはその感染症《かんせんしょう》の治療法《ちりょうほう》の完成《かんせい》まで、あと一歩《いっぽ》にせまっていた。薬《くすり》が完成《かんせい》すれば、病《やまい》に苦《くる》しむ世界中《せかいじゅう》の人《ひと》を救《すく》える。ぼくは英雄《えいゆう》になる。いや、ぼくのことはどうでもいい。医者《いしゃ》である以上《いじょう》、患者《かんじゃ》を救《すく》うのが一番《いちばん》の目的《もくてき》だ。そう言《い》い聞《き》かせながら、ぼくは自《じ》分《ぶん》で気《き》づいている。たしかに、英雄《えいゆう》になんかならなくていい。名誉《めいよ》はいらない。でも、誰《だれ》にも負《ま》けたくない。

熱意《ねつい》と誠意《せいい》があれば、何《なん》だって達成《たっせい》できる。地道《じみち》に努力《どりょく》すれば、行《い》きづまることなんかない。ぼくは信《しん》じていた。

実験《じっけん》は成功《せいこう》した。顕微鏡《けんびきょう》のなかで、細菌《さいきん》は消《き》えていた。ここちよい達成感《たっせいかん》とともに、夢《ゆめ》はいつもそこで終《お》わる。本当《ほんとう》に大変《たいへん》なのはそれからなのだけど。

目《め》が覚《さ》めると、ぼくはため息《いき》をついた。今《いま》のぼくには、仕事《しごと》がない。もう五ヵ月近《げっちか》く、情熱《じょうねつ》をもてあます日々《ひび》を送《おく》っている。留学《りゅうがく》させてくれた国《くに》に恩《おん》を返《かえ》す。そう誓《ちか》って、あまたの誘《さそ》いを断《ことわ》って帰《かえ》ってきたのに。

ぼくは恩師《おんし》にたてついた、とみなされていた（ぼくは留年《りゅうねん》をくりかえしていたので、恩師《おんし》といっても同学年《どうがくねん》だ）。実際《じっさい》は、学問上《がくもんじょう》の反対意見《はんたいいけん》を主張《しゅちょう》しただけだ。だけど、恩《おん》師《し》、というよりその取《と》り巻《ま》きの連中《れんちゅう》は、ぼくを徹底的《てっていてき》に排除《はいじょ》した。日本中《にっぽんじゅう》の病院《びょういん》や研究《けんきゅう》所《じょ》に手《て》を回《まわ》して、ぼくを働《はたら》かせないようにした。くやしくて、もどかしくて、毎日夢《まいにちゆめ》を見《み》る。

今日《きょう》は、元上司《もとじょうし》の紹介《しょうかい》で、助《たす》けてくれそうな人《ひと》に会《あ》うことになっている。時間《じかん》になると、ぼくは服装《ふくそう》をととのえて家《いえ》を出《で》た。

秋《あき》の空《そら》は高《たか》く、青《あお》く澄《す》んでいる。

立《た》ち止《ど》まっている暇《ひま》はない。治《なお》すべき病気《びょうき》はたくさんあるのだ。ペスト、コレラ、赤《せき》痢《り》、狂犬病《きょうけんびょう》、インフルエンザ……。

……明治《めいじ》二十五年《ねん》五月《がつ》、北里柴三郎《きたざとしばさぶろう》は、破傷風菌《はしょうふうきん》の純粋培養成功《じゅんすいばいようせいこう》、血清療法《けっせいりょうほう》の確立《かくりつ》というノーベル賞級《しょうきゅう》の成果《せいか》をあげて、ドイツ留学《りゅうがく》から帰国《きこく》する。しかし、帝国大学《ていこくだいがく》（東京《とうきょう》大学《だいがく》）と対立《たいりつ》していたため、日本《にっぽん》ではその才能《さいのう》にふさわしい研究場所《けんきゅうばしょ》が得《え》られなかった。同年《どうねん》十一月《がつ》、北里《きたざと》は福沢諭吉《ふくざわゆきち》らの支援《しえん》を得《え》て、伝染病研究所《でんせんびょうけんきゅうじょ》を設立《せつりつ》した。このたった六室《しつ》の研究所《けんきゅうじょ》から、日本《にっぽん》の感染症研究《かんせんしょうけんきゅう》ははじまっている。

小前亮

（こまえ・りょう）１９７６年、島根県生まれ。東京大学大学院修了。在学中より歴史コラムの執筆を始める。（有）らいとすたっふに入社後、田中芳樹氏の勧めで小説の執筆にとりかかり、２００５年、『李世民』でデビュー。『唐玄宗紀』『天下一統　始皇帝の永遠』『劉裕　豪剣の皇帝』など著書多数。『三国志』『真田十勇士』『新選組戦記』など児童向けの小説も数多く刊行している。

鍵《かぎ》

高田大介《たかだだいすけ》

わたしの主《あるじ》は唖者《あしゃ》で人《ひと》に対《たい》してかけることばは手話《しゅわ》による。だから外出中《がいしゅつちゅう》に余人《よじん》に声《こえ》をかける時《とき》にはわたしが間《あいだ》にたって通訳《つうやく》を務《つと》めなければならない。通訳《つうやく》が滞《とどこお》ると主《あるじ》は途端《とたん》に不機嫌《ふきげん》になるから、馴染《なじ》みの店《みせ》ならともかく今日《きょう》みたいにがらくた市《いち》を冷《ひ》やかして歩《ある》いていると気《き》が休《やす》まらない。

「お嬢《じょう》さん、どうです、東方《とうほう》の﨟纈更紗《ろうけつさらさ》、お手《て》にとって当《あ》ててみちゃ」

――くたばれ。なんだその椅子《いす》の表具《ひょうぐ》みたいな服《ふく》。

「すみません、あまりお気《き》に召《め》さないようですので……」

「ご堂上《どうじょう》、南方《なんぽう》から取《と》り寄《よ》せましたる錫《すず》の香炉《こうろ》、枕頭《ちんとう》にいかがでしょう」

――蚊遣《かや》りでも焚《た》いてろ。なにがご堂上《どうじょう》だ。

「主《あるじ》は香《かお》りにうるさいので、あしからず……」

そんな主《あるじ》が足《あし》を止《と》めたのは文字通《もじどお》りのがらくたの露店《ろてん》。人《ひと》がとりあえず引《ひ》き出《だ》しに突《つ》っ込《こ》んで忘《わす》れているような中古品《ちゅうこひん》が卓上《たくじょう》の緞通《だんつう》に散《ち》らばっている。錆《さ》びた釘《くぎ》や螺子《ねじ》、吸《す》い口《くち》だけの喫煙具《きつえんぐ》、緑青《ろくしょう》のわいた文鎮《ぶんちん》、数《かず》の揃《そろ》わぬ食事器具《しょくじきぐ》……それから鈍《にぶ》くくすんだ一綴《つづ》りの鍵束《かぎたば》。

——合《あ》いの錠前《じょうまえ》が無《な》いのに鍵《かぎ》だけ売《う》ってる。こんな無用物《むようぶつ》もないもんだね。

「世界《せかい》のどこかにこの鍵《かぎ》を探《さが》し回《まわ》っている人《ひと》もあるかもしれませんね」

露店《ろてん》の卓《たく》の向《む》こうから頭巾《ずきん》の老婆《ろうば》が節《ふし》くれ立《だ》った手《て》を伸《の》ばし、珍《めずら》しくも立《た》ち止《と》まった主《あるじ》の目《め》の前《まえ》で鍵束《かぎたば》を繰《く》りはじめた。真鍮《しんちゅう》だろうか、いくつもの鍵《かぎ》がしゃらしゃらと音《おと》を立《た》て、やがて老婆《ろうば》は鍵束《かぎたば》から一つの鍵《かぎ》を選《よ》り分《わ》けると、主《あるじ》に差《さ》し出《だ》して見《み》せた。

主《あるじ》は片方《かたほう》の眉毛《まゆげ》をぴくりと上《あ》げると、ついで口《くち》の片端《かたはし》だけをきりと上《あ》げて、ほうと頷《うなず》いた。

——頂《いただ》こう。お前《まえ》の小遣《こづか》いで買《か》っておいて。言《い》い値《ね》で結構《けっこう》。

「わたしの。はい、わたしの小遣《こづか》いが言《い》い値《ね》で減《へ》るのは構《かま》わないんですね」

すでに先《さき》にたって歩《ある》く主《あるじ》に、支払《しはら》いを済《す》ませて追《お》いついた。こんなものに幾《いく》らの価値《かち》があるのか、主《あるじ》が城内《じょうない》から降《お》りてきたのが見《み》えみえなので、ぜったい暴利《ぼうり》を取《と》られた。主《あるじ》に鍵《かぎ》を手渡《てわた》して聞《き》く。

「錠《じょう》がないのに鍵《かぎ》だけ買《か》うなんて酔狂《すいきょう》ですね、お珍《めずら》しい」

主《あるじ》は鍵《かぎ》の先《さき》の切《き》り欠《か》きを細《ほそ》い指《ゆび》で示《しめ》して見《み》せた。

――鍵先《かぎさき》がM《エム》になってる。私《わたし》の名《な》の頭文字《かしらもじ》だ。

「お婆《ばあ》さん、ご存知《ぞんじ》だったたんですかね」

――手話通訳《しゅわつうやく》なんか連《つ》れているから身元《みもと》がばれたのかもね。

主《あるじ》は呪《まじな》いや占《うらな》いを厭《いと》う質《たち》だから口《くち》には出《だ》しかねたけれども、わたしにはあの老婆《ろうば》がこれと選《えら》んで手渡《てわた》してきた鍵《かぎ》には何《なに》か深《ふか》い意味《いみ》があるように思《おも》えてならない。この鍵《かぎ》がかちりと嵌《は》まる錠《じょう》がどこかで見《み》つかるのではないかという予感《よかん》がしてならない。この鍵《かぎ》はいつかどこかで……閉《と》ざされた何《なに》かを開《ひら》くことになるのだ。

そして他《ほか》ならぬ主《あるじ》に託《たく》されたからには、この鍵《かぎ》が開《あ》くものと言《い》えばわたしには一つしか思《おも》い浮《う》かばない。それは錠《じょう》のおりた一冊《さつ》の本《ほん》だ。

わたしたちは何時《いつ》、何処《どこ》で、その一冊《さつ》の本《ほん》に出会《であ》うのだろうか。

高田大介
（たかだ・だいすけ）2013年、第45回メフィスト賞受賞作『図書館の魔女』でデビュー。ほかの著作に『図書館の魔女　烏の伝言』『まほり』がある。

王《おう》の死《し》

支援《しえん》BIS《びす》

最後《さいご》の戦《たたか》いを終《お》えた王《おう》は、草《くさ》むらに横《よこ》たわり、静《しず》かな寝息《ねいき》を立《た》てている。

この寝息《ねいき》が止《と》まったとき、偉大《いだい》な王《おう》は死《し》ぬ。

二百年続《ねんつづ》いた戦乱《せんらん》の時代《じだい》は、今《いま》や終《お》わろうとしている。

王《おう》が諸国《しょこく》を統一《とういつ》しつつあるからだ。

大陸《たいりく》の中央《ちゅうおう》と北《きた》と東《ひがし》と西《にし》は、すでに王《おう》に服《ふく》している。あとは南《みなみ》に派遣《はけん》した将軍《しょうぐん》たちの復命《ふくめい》を待《ま》つばかりだ。

覇業《はぎょう》が成就間近《じょうじゅまぢか》である今日《きょう》、将軍《しょうぐん》の一人《ひとり》が反乱《はんらん》した。

王《おう》は神殿《しんでん》に参拝《さんぱい》していた。

護衛《ごえい》は五十人《にん》。襲撃《しゅうげき》した将軍《しょうぐん》の軍勢《ぐんぜい》は二千人《にん》。びっしりと神殿《しんでん》を取《と》り囲《かこ》んだ。生《い》き延《の》びることは不可能《ふかのう》であるはずだった。

王《おう》は護衛《ごえい》たち全員《ぜんいん》に武具《ぶぐ》を配《くば》った。

かつて王《おう》が一介《いっかい》の冒険者《ぼうけんしゃ》であったころ、各地《かくち》の迷宮《めいきゅう》から得《え》た秘宝《ひほう》だ。

私《わたし》に与《あた》えられた剣《けん》は、みかけは古《ふる》ぼけているが、使用者《しようしゃ》の攻撃力《こうげきりょく》を二倍《ばい》に引《ひ》き上《あ》げるという、驚《おどろ》きの性能《せいのう》を持《も》っていた。

王《おう》とわれら五十人《にん》は馬《うま》に乗《の》り、一つの塊《かたまり》となって打《う》って出《で》て、ただまっしぐらに裏切《うらぎ》り者《もの》の将軍《しょうぐん》に向《む》かって突進《とっしん》した。

将軍《しょうぐん》は、あわてて自分《じぶん》の周《まわ》りに兵《へい》を集《あつ》めようとした。

それより早《はや》く、われらは防御陣《ぼうぎょじん》を食《く》い破《やぶ》って将軍《しょうぐん》に迫《せま》る。

味方《みかた》は、一人《ひとり》、また一人《ひとり》と倒《たお》れてゆく。だが前進《ぜんしん》は止《と》まらない。

ついに王《おう》の剣《けん》が将軍《しょうぐん》の首《くび》を刎《は》ねた。

そのままわれらは敵陣《てきじん》を突《つ》き抜《ぬ》けて走《はし》り去《さ》った。追跡《ついせき》してきた者《もの》はわずかで、やがてそれも途絶《とだ》えた。

王《おう》はまたも奇蹟《きせき》を成《な》し遂《と》げたのだ。

しかし生《い》き残《のこ》ったのは、王《おう》と私《わたし》だけ。若《わか》い未熟者《みじゅくもの》の私《わたし》が皆《みな》にかばわれ生《い》き残《のこ》ってしまった。

王《おう》の受《う》けた傷《きず》は多《おお》く、そのうちのいくつかは致命傷《ちめいしょう》といってよい深《ふか》さだ。

とうてい助《たす》かる見込《みこ》みはない。

馬《うま》を降《お》り、倒《たお》れるように横《よこ》たわった王《おう》の横《よこ》に、私《わたし》は膝《ひざ》を突《つ》いた。その死《し》を看取《みと》るために。

長《なが》い時間《じかん》が過《す》ぎた。

私《わたし》は眠《ねむ》る王《おう》に話《はな》しかけた。

「王《おう》よ。私《わたし》は冒険者《ぼうけんしゃ》になろうと思《おも》います。あなたが歩《あゆ》んだ道《みち》を私《わたし》も歩《あゆ》んでみたいのです」

「そうか」

王《おう》はそう言《い》い、むくりと身《み》を起《お》こした。

「うん？　ああ、お前《まえ》、この指輪《ゆびわ》を知《し》らなかったか」

王《おう》は、左手《ひだりて》のガントレットを脱《ぬ》いで、呆然《ぼうぜん》とする私《わたし》に、中指《なかゆび》にはめた指輪《ゆびわ》を見《み》せた。

「寝《ね》ているあいだに傷《きず》を癒《いや》してくれる指輪《ゆびわ》だ。迷宮品《めいきゅうひん》だよ」

「な、な」

「さて、城《しろ》に帰《かえ》るぞ。俺《おれ》を殺《ころ》せば王《おう》になれると考《かんが》えるやつが、ほかにもいるかもしれん」

「は、はい」

「その剣《けん》はお前《まえ》にやる。だが、冒険者《ぼうけんしゃ》になるんなら、しまっといたほうがいいな。与《あた》えられたものに頼《たよ》ったんじゃ、お前自身《まえじしん》の強《つよ》さは育《そだ》たん」

王《おう》はそう言《い》うと、立《た》ち上《あ》がって馬《うま》に乗《の》った。

私《わたし》も遅《おく》れぬよう自分《じぶん》の馬《うま》に乗《の》った。
王《おう》の死《し》は、まだ先《さき》であるようだ。

支援BIS

（しえんびす）岡山県倉敷市生まれ。2011年から「小説家になろう」に投稿を開始。以後、同サイト上で創作活動を続ける。代表作に『迷宮の王』『辺境の老騎士』『狼は眠らない』。

八月《がつ》のアイスを待《ま》つ

鯨井《くじらい》あめ

「生《い》きかえれ、夏休《なつやす》みー！」

マスクを外《はず》したナナが、叫《さけ》んだ。日傘《ひがさ》を忘《わす》れた彼女《かのじょ》はビルの影《かげ》のなかを歩《ある》いている。

「なくなったねぇ、夏休《なつやす》み」

ナナの隣《となり》でララが応《こた》える。彼女《かのじょ》は日傘《ひがさ》を差《さ》していた。ふいに顔《かお》を出《だ》した太陽《たいよう》から身《み》を隠《かく》し、マスクをしない代《か》わりに人《ひと》と距離《きょり》を保《たも》つためである。

六月《がつ》になってようやく中学《ちゅうがく》二年生《ねんせい》が始《はじ》まった。行事《ぎょうじ》はなくなり、部活《ぶかつ》も制限《せいげん》され、勉強《べんきょう》ばかりの一ヵ月半《げつはん》が過《す》ぎた。

いまは下校途中《げこうとちゅう》だ。ふたりは幹線道路沿《かんせんどうろぞ》いを歩《ある》いている。

「さっきまで曇《くも》ってたのに」ナナが晴天《せいてん》を睨《にら》む。「これ以上《いじょう》、暑《あつ》くなったらさ」

ララは同意《どうい》する。「頭《あたま》から溶《と》けちゃうね」

「ほんと。じめじめするのは嫌《いや》だけど、普通《ふつう》に暑《あつ》いのも嫌《いや》！」

久々《ひさびさ》の晴《は》れ間《ま》だった。何日《なんにち》かぶりの陽射《ひざ》しがアスファルトを焼《や》いている。梅雨《つゆ》の隙間《すきま》から、じわじわと夏本番《なつほんばん》が近《ちか》づいていた。

「夏休《なつやす》みって、暑《あつ》いから休《やす》みになるのに、今年《ことし》ときたら！」

ナナは文句《もんく》を言《い》いかけたが、「あっつー。むり」とげんなり首筋《くびすじ》の汗《あせ》をぬぐった。

ララも何《なに》か冷《つめ》たいものが食《た》べたい。

「あ」

交差点《こうさてん》の手前《てまえ》にコンビニの看板《かんばん》が見《み》えた。

「提案《ていあん》します。アイス」

「採用《さいよう》！」

ふたりは早足《はやあし》になった。

開《あ》けっ放《ぱな》しのドアをくぐると、コンビニ内《ない》は冷房《れいぼう》が効《き》いていた。制服《せいふく》をパタパタしながらアイスコーナーへ向《む》かい、覗《のぞ》きこんで顔《かお》を合《あ》わせた。

「どれにする？」

「どれにしよう」

悩《なや》んだ末《すえ》にコーンのアイスを選《えら》んだ。ナナはチョコ味《あじ》、ララはバニラ味《あじ》だ。

レジ袋《ぶくろ》を断《ことわ》って、冷気《れいき》に後《うし》ろ髪《がみ》を引《ひ》かれながらコンビニを出《で》た。近《ちか》くの公園《こうえん》のベンチに座《すわ》った頃《ころ》には、アイスは溶《と》けかけていた。こもれびの下《した》で、ふたりは慌《あわ》てて包装《ほうそう》をとる。

「うまい！」一口《くち》で上部《じょうぶ》をほとんど食《た》べたナナが、頬《ほほ》に手《て》を当《あ》てた。「冷《つめ》たい！」

ララもぱくりとかぶりついた。「おいしい。やっぱり放課後《ほうかご》のアイスは格別《かくべつ》だね」

「暑《あつ》いときほどアイスはうまくなる。これ、この世《よ》の真理《しんり》」

「ナナと一緒《いっしょ》だともっとおいしいよ」

「なぬ、嬉《うれ》しい」

「これからまた雨《あめ》だから、いまのうちに堪能《たんのう》しよう」

パクパクと食《た》べ進《すす》め、「でも」とララは少《すこ》しだけ後悔《こうかい》した。

「新作《しんさく》のかき氷《ごおり》もおいしそうだったなぁ」

「また食《た》べればいいじゃん」

ナナが笑《わら》う。前髪《まえがみ》が汗《あせ》で額《ひたい》に貼《は》りついている。

「八月《がつ》の放課後《ほうかご》のアイス、絶対《ぜったい》に最高《さいこう》だよ」

「あ、そっか。学校《がっこう》があるから」

ララも笑《わら》った。

「放課後《ほうかご》に一緒《いっしょ》に食《た》べれるね」

今年《ことし》だけ体験《たいけん》できる、八月《がつ》の放課後《ほうかご》に。

ふたりで一緒《いっしょ》にコーンにかじりつくと、サクッと音《おと》が重《かさ》なった。

鯨井あめ

（くじらい・あめ）１９９８年生まれ、兵庫県豊岡市出身。兵庫県在住。執筆歴11年。２０１５年より小説サイトに短編・長編の投稿を開始。２０１７年に文学フリマ短編小説賞優秀賞を受賞。第14回小説現代長編新人賞を受賞し、『晴れ、時々くらげを呼ぶ』でデビュー。

ブレックファスト・ファンタジー・ファミリー　かすがまる

その朝《あさ》、みそ汁《しる》の匂《にお》いに誘《さそ》われてダイニングへ行《い》くと、俺《おれ》は母《はは》と妹《いもうと》が金髪耳長《きんぱつみみなが》のファンタジー人類《じんるい》に変《か》わっているのを発見《はっけん》した。

「なんで、にいにはエルフじゃないの？」

「それはねえ、お兄《にい》ちゃんがお父《とう》さん似《に》だからよ」

鼻先《はなさき》にシャボン玉《だま》――の中《なか》になにかいた。おもちゃの人形《にんぎょう》みたいななにかが。わ、目《め》があった。手《て》を振《ふ》られた。流《なが》れていった。うわ、何個《なんこ》も何個《なんこ》も浮《う》いている。蝶《ちょう》も何匹《なんびき》も飛《と》んでいる。テレビの上《うえ》に並《なら》んだ小鳥《ことり》たちがピーチクパーチク……俺《おれ》、まだ寝《ね》ているのか？　これ、夢《ゆめ》だよな？

「どうした。そんなところに突《つ》っ立《た》って」

父《とう》さん――の声《こえ》で話《はな》す鎧《よろい》が、二階《かい》から降《お》りてきた。青《あお》いマントが風《かぜ》もないのにユラユラと揺《ゆ》れる。白《しろ》い湯気《ゆげ》のようなものが、ライオンかなにかの顔《かお》をして立《た》ち上《のぼ》っている。

「おとしゃんカッコイイ。にいには？」

「制服《せいふく》でいいさ。お父《とう》さんも初《はじ》めは学生服《がくせいふく》だったからな」

「なつかしいわねえ……あ、この子《こ》の剣《けん》はどうするの？」

「向《む》こうで用意《ようい》させればいい」

エルフ母《はは》は明太子《めんたいこ》と煮豆《にまめ》で、エルフ妹《いもうと》は味《あじ》のりと納豆《なっとう》で、それぞれにご飯《はん》がすすむ。

鎧男《よろいおとこ》は食《しょく》パンにイチゴジャムとピーナッツバターを左右半々《さゆうはんはん》に塗《ぬ》りたくり、合《あ》わせるよう二つ折《お》りにして、さらには紅茶《こうちゃ》へぶち込《こ》んでから――この食《た》べ方《かた》は父《とう》さんだ――兜《かぶと》の顔《かお》の部分《ぶぶん》を押《お》し上《あ》げ、ひと口《くち》でペロリだ。

俺《おれ》、いつの間《ま》にみそ汁《しる》をすすり終《お》えていたんだろう。

「さあ、出《で》かけましょうか。お夕飯《ゆうはん》までには戻《もど》らないとね」

ブーツと網靴《あみぐつ》と足鎧《あしよろい》がスタスタガチャガチャと風呂場《ふろば》へ向《む》かった。シャボン玉《だま》がただよい出《だ》してくるところへだ。

「あら、長靴《ながぐつ》はやめておきなさい。結構歩《けっこうある》くわよお」

洗濯洗剤《せんたくせんざい》の棚《たな》から、母《かあ》さん、なにを取《と》り出《だ》したの。なにその怪《あや》しいボトル。わたしが作《つく》りましたって写真《しゃしん》、おとぎ話《ばなし》の魔女《まじょ》みたいな人《ひと》がリンゴを見《み》せびらかしているんだけど。

「……なんなの？　どういうこと？」

やっと言《い》えたというのに。

「もう。お母《かあ》さんの実家《じっか》に行《い》くって、さっき説明《せつめい》したじゃないのお」

「エルフのおしろだって！　トロロもいるって！」

「トロールか。お父《とう》さん、倒《たお》したことあるぞ」

「ええ……ひどい……」

「えっ」

「あらあら。大丈夫《だいじょうぶ》よお、かわいいドラゴンさんとも会《あ》えるからね。名前《なまえ》は『尻尾曲《しっぽま》がり』」

おでこになにかを塗《ぬ》られ、浴槽《よくそう》へ飛《と》び込《こ》まされて——俺《おれ》は不思議《ふしぎ》な世界《せかい》へ渡《わた》ったんだ。

あの、でっかい空《そら》の下《した》の大冒険《だいぼうけん》を、いつか誰《だれ》かに伝《つた》えたいと思《おも》う。

……今朝《けさ》もみそ汁《しる》の匂《にお》いがする。

まさか、ね。

かすがまる

１９７９年生まれ、東京都出身。大学在学中に学習塾を設立し、数学、国語、小論文を担当する。ネット小説を読み漁るようになり、投稿を開始。「ＭＦブックス小説家になろう大賞２０１４」で優秀賞を受賞し、２０１５年に『火刑戦旗を掲げよ！』でデビュー。代表作に『ゲーム実況による攻略と逆襲の異世界神戦記《アウタラグナ》』がある。

ボクは犬《いぬ》

まさきとしか

ボクは犬《いぬ》。人間《にんげん》のおかあさんと暮《く》らしている。一人《ひとり》と一匹《ぴき》暮《ぐ》らしだ。おかあさんは小説家《しょうせつか》だ。机《つくえ》の上《うえ》の四角《しかく》いものをカタカタたたく仕事《しごと》らしい。ボクはソファにねそべって、おかあさんの背中《せなか》を見《み》ながらその音《おと》を聞《き》くのがすきだ。カタカタカタ。おかあさんの指《ゆび》が鳴《な》らす音《おと》。おかあさんがそばにいる音《おと》。だから、安心《あんしん》して眠《ねむ》くなる。

でも、このごろ、おかあさんはカタカタをしない。一日中《いちにちじゅう》、ボクをなでている。カタカタもすきだけど、おかあさんになでてもらうのはもっとすきだ。

いま、ボクをなでながらおかあさんは泣《な》いている。さっき、おかあさんのだっこで外《そと》に行《い》ったとき、知《し》らないおばさんがボクを見《み》て、「かわいそう」と言《い》ったせいかもしれない。ボクの目《め》が見《み》えなくて、ボクが立《た》てないからだろう。

ボクは「かわいそう」の意味《いみ》を知《し》らない。

「たのしい」は、草《くさ》の上《うえ》を走《はし》るときの気持《きも》ち。「うれしい」は、おやつをもらうときの気《き》持《も》ち。「だいすき」は、おかあさんを思《おも》う気持《きも》ち。ぜんぶまとめて、しあわせな気持《きも》ち。世界《せかい》がかがやいて、しぜんとシッポがパタパタ動《うご》く。でも、「かわいそう」は意味《いみ》がわからないのに、しぜんとシッポがさがるんだ。

かわいそう――。その言葉《ことば》はずっと昔《むかし》、おかあさんと暮《く》らす前《まえ》にも聞《き》いたことがあった。

ボクは、最初《さいしょ》の家族《かぞく》に「もういらない」って捨《す》てられた。そのときはもう目《め》が見《み》えなくて、ゲリがとまらなくて、よごれていて、くさかった。そんなボクのことを、みんなは「かわいそう」って言《い》ったけど、おかあさんだけは「かわいい」って笑《わら》ってくれた。

あれからどのくらいたつのだろう。もうすぐボクはモフモフの体《からだ》を脱《ぬ》いで、キラキラしたひかりになっておかあさんを照《て》らす。ときどき、風《かぜ》になる。空《そら》になる。スズメになる。花《はな》のにおいになる。そうして、おかあさんに話《はな》しかけるよ。

人間《にんげん》って、しあわせよりも、つらいことに目《め》を向《む》けるいきものらしいから、きっとおかあさんは泣《な》くだろう。でも、ボクがいなくなったことじゃなくて、ボクがいたことを見《み》て。よごれたボクを「かわいい」って言《い》ってくれたあのときのように、くらいところじゃなくて、あかるいところを見《み》て。そうじゃないと、ボクの声《こえ》を聞《き》きのがしてしまうから。

ボクはいつかまた生《う》まれて、おかあさんに合図《あいず》を送《おく》る。だから、見《み》のがさないようにしあわせをちゃんと見《み》て。そこにボクはいるから。
ボクはしあわせ。その証拠《しょうこ》に、シッポをゆらすから見《み》ていてね。そうしたら、ちょっとだけバイバイね。

まさきとしか

1965年生まれ。札幌市在住。2007年「散る咲く巡る」で第41回北海道新聞文学賞（創作・評論部門）を受賞。2008年『夜の空の星の』で作家としてデビュー。著書に『熊金家のひとり娘』『完璧な母親』『ある女の証明』『大人になれない』『いちばん悲しい』『玉瀬家、休業中。』『ゆりかごに聞く』『屑の結晶』『あの日、君は何をした』がある。

ハンコとマスク

小野寺史宜《おのでらふみのり》

マスクに自分《じぶん》を守《まも》る効果《こうか》はあんまりないらしい。

でも人《ひと》にうつさないようにはできるみたいだから出《で》かけるときはしなさいね、とお母《かあ》さんが言《い》うから、出《で》かけるときはする。

家《いえ》ではしない。お母《かあ》さんもしない。家族《かぞく》だから、いい。家族《かぞく》でも、うつりはすると思《おも》うけど。

学校《がっこう》はもうずっとない。だから毎日家《まいにちいえ》にいる。

初《はじ》めはうれしかった。今《いま》はそうでもない。始《はじ》まっても夏休《なつやす》みを短《みじか》くされると聞《き》いて、ゲゲッと思《おも》った。それはなしでしょ。真夏《まなつ》の小学校《しょうがっこう》。熱地獄《ねつじごく》。無理《むり》。

ウィンウォーン、とインタホンのチャイムが鳴《な》る。いい時間《じかん》つぶし。受話器《じゅわき》をとって、言《い》う。

「はい」

「こんにちは。郵便局《ゆうびんきょく》です。書留《かきとめ》が来《き》てますので、ご印鑑《いんかん》をお願《ねが》いします」

「あ、はい。今出《いまで》ます」

ご印鑑《いんかん》。ハンコだ。

戸棚《とだな》の引出《ひきだ》しからそれをとり、玄関《げんかん》に向《む》かう。あっと思《おも》う。マスクは？

インタホンのモニター画面《がめん》に映《うつ》る郵便屋《ゆうびんや》さんはマスクをしてた。まあ、そうだろう。スーパーやコンビニの店員《てんいん》さんなんかもみんなしてる。

でもぼくは、どうすればいい？

家《いえ》にいるぼくがマスクをして出《で》てきたら、郵便屋《ゆうびんや》さんはいやな気持《きも》ちになるんじゃないかな。うつされたくないからぼくがわざわざマスクをしてきたと思《おも》って。ただ、郵便屋《ゆうびんや》さんにうつさないようにできるなら、するべきだし。

迷《まよ》ってる時間《じかん》はない。早《はや》く出《で》なきゃいけない。

ぼくは一応《いちおう》マスクをして、玄関《げんかん》に行《い》く。そしてつけたままのマスクを左手《ひだりて》で前《まえ》に引《ひ》っぱり、右手《みぎて》でドアを開《あ》ける。

外《そと》にいた郵便屋《ゆうびんや》さんに言《い》う。思《おも》いきって、訊《き》いてしまう。

「あの、どっちがいいですか？」

「はい？」

「えっと、マスク。したほうがいいですか？　しないほうがいいですか？」

「あぁ」と言《い》って、郵便屋《ゆうびんや》さんは笑顔《えがお》になり、こう続《つづ》ける。「して。長野《ながの》くんに僕《ぼく》がうつしちゃったらよくないから」

ならばと左手《ひだりて》をはなす。耳《みみ》にかけたゴムが縮《ちぢ》まり、マスクが鼻《はな》と口《くち》を覆《おお》う。ファサッと。

ついタメ口《ぐち》で言《い》ってしまう。

「何《なん》で知《し》ってるの？　ぼくが長野《ながの》だって」

「だって、ほら、郵便《ゆうびん》が来《き》てるから。宛名《あてな》が長野《ながの》さんになってるし」

「あ、そうか」

ちょっと恥《は》ずかしい。バカなの？　と自分《じぶん》で思《おも》う。

うーん。

ただでさえ頭《あたま》がよくないんだから、やっぱ学校《がっこう》には行《い》かなきゃダメかも。熱地獄《ねつじごく》。耐《た》えるしかない。友《とも》だちもいるし、まあ、いいか。

ハンコを捺《お》して、お母《かあ》さん宛《あて》の書留《かきとめ》をもらう。

「気《き》をつかってくれて、ありがとうね」

そう言《い》って、郵便屋《ゆうびんや》さんは去《さ》っていく。

ナントカいう芸能人《げいのうじん》に似《に》てたな、と思《おも》う。

小野寺史宜

（おのでら・ふみのり）1968年、千葉県生まれ。2006年「裏へ走り蹴り込め」で第86回オール讀物新人賞を受賞。2008年、第3回ポプラ社小説大賞優秀賞受賞作の『ROCKER』で単行本デビュー。他の著書に、『リカバリー』『ひりつく夜の音』『太郎とさくら』『その愛の程度』『近いはずの人』『それ自体が奇跡』『縁』『ひと』『ライフ』『まち』『今日も町の隅で』『食っちゃ寝て書いて』「みつばの郵便屋さん」シリーズなどがある。最新作は、『今夜』。

あしたはあしたで、若《わか》おかみ

令丈《れいじょう》ヒロ子《こ》

「おっこ、おつかれさま。後《あと》かたづけはエツコさんとするから、もう後《あと》はいいよ。康《こう》さんが夜食《やしょく》を作《つく》って、お部屋《へや》に置《お》いてくれているからね。早《はや》く着《き》がえておあがり」

「はあい」

おばあちゃんに言《い》われて、おっこは、ほーっとした。

今日《きょう》は春《はる》の屋旅館《やりょかん》では初《はじ》めての試《こころ》み、リモート宴会《えんかい》をしたのだ。

花《はな》の湯温泉通《ゆおんせんどお》りの商店主《しょうてんしゅ》たちの寄《よ》り合《あ》いを、秋好旅館《しゅうこうりょかん》で好評《こうひょう》のリモート宴会《えんかい》プランを見習《みなら》って、うちでもやろうということになったのだ。

春《はる》の屋旅館《やりょかん》には、商店街振興会《しょうてんがいしんこうかい》の会長《かいちょう》さんだけが来《き》て、残《のこ》りの五人《にん》がネット参加《さんか》する形《かたち》になった。

春《はる》の屋旅館《やりょかん》にはネットにくわしい人《ひと》がだれもいない。秋好旅館《しゅうこうりょかん》の次期社長《じきしゃちょう》・秋野真月《あきのまつき》に教《おし》えてもらって、あんずの間《ま》にパソコンを置《お》き、Ｗｅｂ《ウェブ》ミーティングのアプリを使《つか》えるようにするだけでも大騒《おおさわ》ぎだった。

自宅《じたく》で参加《さんか》のお客様《きゃくさま》には、特製宴会弁当《とくせいえんかいべんとう》を先《さき》に配達《はいたつ》する予定《よてい》だったのだが、到着《とうちゃく》が宴《えん》会開始《かいかいし》ギリギリの時間《じかん》になってしまった。

やっとリモート宴会《えんかい》がはじまってみると、とちゅうでだれかの映像《えいぞう》がヘン顔《がお》のままかたまってしまったり、急《きゅう》に画面《がめん》から退出《たいしゅつ》してしまう人《ひと》が続《つづ》いたり。

そのさなか、『テレワークおこもりプラン』で、ねこやなぎの間《ま》に滞在中《たいざいちゅう》の桜丘様《さくらおかさま》が、露天風呂独占《ろてんぶろどくせん》サービスを楽《たの》しみすぎ、湯《ゆ》あたりしてひっくりかえってしまった。

もう、なにがなんだかわからないうちに、宴会《えんかい》が終《お》わったのだった。

「ああー、たいへんだった……。くー、マスクあっつい！」

手《て》を洗《あら》い、自分《じぶん》の部屋《へや》に入《はい》るなり、おっこはおばあちゃんお手製《てせい》の着物生地《きものきじ》のマスクをはぎ取《と》った。鼻《はな》から下《した》が汗《あせ》びっしょりだ。

「うー、うーん！」

背中《せなか》に手《て》を回《まわ》したが、鳥《とり》のつばさのように大《おお》きく広《ひろ》げて結《むす》んだ帯《おび》がなかなかとけない。

お客様《きゃくさま》に近《ちか》づきすぎないように、帯《おび》をつばさみたいに広《ひろ》げて結《むす》んだら、天使《てんし》みたいでステキかも！　とアイデアを出《だ》したのはおっこだったが、「天使結《てんしむす》び」は帯《おび》を二本使《ほんつか》うため、めちゃくちゃ重《おも》かった。

「ね、美陽《みよ》ちゃん、これはずして！」

世話《せわ》好《ず》きのユーレイの友《とも》だちにいちおう頼《たの》んでみる。でも返事《へんじ》はない。

なんとか一人《ひとり》で帯《おび》をといたけど、髪《かみ》はバサバサ、着物《きもの》もはだけて、すごいかっこうになった。

――おっこ、落《お》ち武者《むしゃ》みたいやで。

天井近《てんじょうちか》くからさかさまになって、がたがたの反《そ》っ歯《ぱ》を見《み》せて大笑《おおわら》いしている、ユーレイ少年《しょうねん》のすがたが目《め》に浮《う》かぶ。

「ウリ坊《ぼう》、笑《わら》わないでよう！」

優《やさ》しくていつでもおっこの味方《みかた》だった、二人《ふたり》のユーレイはもうここにはいない。遠《とお》くに行《い》ってしまった。

それはわかっているけど、今日《きょう》みたいにいそがしすぎた日《ひ》は、そこにいるかのように話《はな》しかけるとほっとするのだ。

――おっこ、今日《きょう》はホントによくやったわよ。

――そやそや。緑屋《みどりや》の店主《てんしゅ》さん、足《あし》が悪《わる》いやんか。こうやって家《いえ》にいるのに宴会《えんかい》に参《さん》加《か》できてうれしいって、よろこんだはったで！　よかったな。

二人《ふたり》がそう言《い》って、はげましてくれている気《き》がする。

(今日《きょう》の若《わか》おかみは、もうおしまい！　あしたは、あしたのやり方《かた》で、またがんばったらいいよね)

おっこは、うん！　とうなずいて、勉強机《べんきょうづくえ》に置《お》いてあったお皿《さら》のラップをはがし、お手《て》ふきで手《て》をふくと、とろろこんぶののったおにぎりにぱくっとかじりついた。

おにぎりはまだ、ほんのりあたたかかった。

令丈ヒロ子

(れいじょう・ひろこ) 大阪府生まれ。嵯峨美術短期大学卒業。講談社児童文学新人賞に応募した作品で注目され、作家デビュー。おもな作品に「若おかみは小学生！」シリーズ、「異能力フレンズ」シリーズ、『長浜高校水族館部！』『パンプキン！　模擬原爆の夏』『なりたい二人』『かえたい二人』などがある。2018年「若おかみは小学生！」シリーズがテレビアニメ化、劇場版アニメ化されて大きな話題に。

鬼《おに》は戦《たたか》う

今村翔吾《いまむらしょうご》

「赤丸様《あかまるさま》！」

大広間《おおひろま》に一人《ひとり》の男《おとこ》が駆《か》けこんで来《き》た。黄介《きすけ》はその名《な》の通《とお》り肌《はだ》が黄《き》一色《しょく》。いや、厳密《げんみつ》に言《い》えば逆《ぎゃく》で、黄色《きいろ》の肌《はだ》に生《う》まれたから黄介《きすけ》なのだ。己《おれ》たち一族《いちぞく》はそれぞれ肌《はだ》の色《いろ》が違《ちが》って生《う》まれる。そしてその肌《はだ》の色《いろ》に合《あ》わせた名《な》を付《つ》ける慣《なら》わしだ。そのような己《おれ》たちを人《ひと》は卑《いや》しんで「鬼《おに》」と蔑称《べっしょう》で呼《よ》んでいる。

「黄介《きすけ》、どうだ」

赤丸《あかまる》は胡坐《あぐら》を搔《か》いたまま身《み》を乗《の》り出《だ》した。

「真《まこと》でした……すでに舟《ふね》に。間《ま》もなく来《き》ます」

昨日《きのう》、

——吉備《きび》の桃太郎《ももたろう》。豪勇《ごうゆう》の配下《はいか》三人《にん》と共《とも》に鬼《おに》ヶ島《しま》を目指《めざ》しているとの由《よし》。

というよからぬ話《はなし》が入《はい》った。

そもそも「鬼《おに》ヶ島《しま》」なる島名《とうめい》は人《ひと》が勝手《かって》に名付《なづ》けただけで、己《おれ》たちはこの島《しま》をただ「島《しま》」とだけ呼《よ》んでいる。

そして件《くだん》の桃太郎《ももたろう》。噂《うわさ》には聞《き》いている。何《なに》やら川《かわ》を流《なが》れた桃《もも》から生《う》まれたなどという。まず眉唾話《まゆつばばなし》であろう。その腕力《わんりょく》は折《お》り紙付《がみつ》きで、隣村《となりむら》との争《あらそ》いでは、百人《にん》の若者《わかもの》をたった一人《ひとり》で打《う》ち倒《たお》したという。

その桃太郎《ももたろう》の村《むら》が疫病《えきびょう》に見舞《みま》われたらしい。働《はたら》くことも出来《でき》ずに困窮《こんきゅう》する村人《むらびと》に対《たい》し、人並外《ひとなみはず》れて元気《げんき》だった桃太郎《ももたろう》は、

——鬼《おに》ヶ島《しま》には財宝《ざいほう》があるという。奪《うば》って来《く》る。

といって出立《しゅったつ》。しかも途中《とちゅう》、犬神村《いぬがみむら》の用心棒《ようじんぼう》の犬五郎《いぬごろう》、雉峠《きじとうげ》の盗賊雉之介《とうぞくきじのすけ》、猿渡岬《さるわたりみさき》の海賊猿右衛門《かいぞくさるえもん》も配下《はいか》に加《くわ》わったという。

「奴《やつ》らこのような情勢《じょうせい》で殴《なぐ》り合《あ》うとは正気《しょうき》か」

昨今《さっこん》、正体不明《しょうたいふめい》の疫病《えきびょう》が蔓延《まんえん》している。感染《かんせん》すると死《し》にも至《いた》る危険《きけん》な病《やまい》である。恐《おそ》らく桃太郎《ももたろう》の村《むら》を襲《おそ》ったのもそれだ。だが対策《たいさく》が無《な》いでもない。小《こ》まめに手《て》を洗《あら》うこと、そして互《たが》いに一間半以上《けんはんいじょう》の距離《きょり》を空《あ》けることだ。故《ゆえ》に今《いま》も黄介《きすけ》とこの距離《きょり》を保《たも》っているのだ。

「あっ……来《き》たようです。流石《さすが》に早《はや》い！」

外《そと》が騒《さわ》がしくなったので、黄介《きすけ》は吃驚《きっきょう》の声《こえ》を上《あ》げた。赤丸《あかまる》は急《いそ》いで表《おもて》に駆《か》け付《つ》けると、仲間《なかま》が逃《に》げ惑《まど》い、それを桃太郎《ももたろう》らが追《お》い回《まわ》していた。

「おい、桃太郎《ももたろう》！」

「お前《まえ》が頭《かしら》か。いざ尋常《じんじょう》に勝負《しょうぶ》！」

向《む》かってくる桃太郎《ももたろう》を、赤丸《あかまる》は諸手《もろて》を突《つ》き出《だ》して止《と》めた。

「待《ま》て、待《ま》て、待《ま》て！　お前《まえ》、馬鹿《ばか》か！　二間《けん》空《あ》けないと危険《きけん》だ！」

「えっ……何故《なぜ》だ？」

「知《し》らぬのか……」

赤丸《あかまる》は滔々《とうとう》と疫病《えきびょう》について説明《せつめい》すると、桃太郎《ももたろう》の顔《かお》がそれこそ同朋《どうほう》のように青《あお》く染《そ》まる。

「では俺《おれ》も……」

「ああ、検査《けんさ》したほうがよい」

「だが村人《むらびと》が困《こま》っているんだ」

「金《かね》なら分《わ》けてやる」

「え……」

「困《こま》った時《とき》はお互《たが》い様《さま》だ。今《いま》は争《あらそ》うべきではない。戦《たたか》うべきは他《ほか》にいるのだ」

赤丸《あかまる》が凛然《りんぜん》と言《い》うと、桃太郎《ももたろう》は戸惑《とまど》いながらも深《ふか》く頷《うなず》いた。

今村翔吾

（いまむら・しょうご）1984年、京都府生まれ。2017年『火喰鳥　羽州ぼろ鳶組』でデビューし、同作で第7回歴史時代作家クラブ賞・文庫書き下ろし新人賞を受賞。「羽州ぼろ鳶組」は大ヒットシリーズとなり、第4回吉川英治文庫賞候補に。2018年「童神」（刊行時『童の神』に改題）で第10回角川春樹小説賞を受賞、同作は第160回直木賞候補となった。『八本目の槍』で第41回吉川英治文学新人賞、第8回野村胡堂文学賞をダブル受賞。近著の『じんかん』が第11回山田風太郎賞を受賞。

人《ひと》ちがい

砂原浩太朗《すなはらこうたろう》

長吉《ちょうきち》は井戸《いど》から水《みず》をくむと、喉《のど》をならして一息《ひといき》に飲《の》みほした。ほてった体《からだ》が、ここちよく冷《ひ》えていく。寺子屋《てらこや》へ行《い》く気《き》にもならず町《まち》をほっつき歩《ある》いていたのだが、真夏《まなつ》の昼下《ひるさ》がりである。十歳《さい》の身《み》にはこたえる暑《あつ》さだった。

「ねえ、水《みず》をおくれ」

正面《しょうめん》のぼろ家《や》から、しわがれた女《おんな》の声《こえ》が響《ひび》く。見知《みし》らぬ長屋《ながや》の住人《じゅうにん》たちも暑《あつ》さを避《さ》けているのか、あたりに人影《ひとかげ》はうかがえない。こわくなり、立《た》ち去《さ》ろうと足《あし》を踏《ふ》みだした。

「たのむよ、暑《あつ》くて死《し》んじまいそうだ」

すがるような声《こえ》が追《お》いかけてくる。おととし、はやり風邪《かぜ》で亡《な》くなった母親《ははおや》のことを思《おも》いだした。最後《さいご》の方《ほう》は、自分《じぶん》の足《あし》で立《た》てなくなっていたのだ。声《こえ》の主《ぬし》も同《おな》じかもしれない。

井戸《いど》の脇《わき》に投《な》げ捨《す》ててあった椀《わん》へ水《みず》をそそぎ、おそるおそる家《いえ》のなかに入《はい》る。あがってすぐのところに老婆《ろうば》がひとり、ぐったりと横《よこ》たわっていた。水《みず》を飲《の》ませると、ふうっと息《いき》をつく。長吉《ちょうきち》の顔《かお》をまじまじと見《み》つめ、うれしげな表情《ひょうじょう》になった。

「ありがとよ。おかげでおっ母《か》さん、いのち拾《びろ》いしたよ。三太《さんた》は親孝行《おやこうこう》だねぇ」

すこし頭《あたま》がゆるんで、人《ひと》ちがいをしているらしい。このひとの子《こ》なら、もう立派《りっぱ》なおとなだろう。これ以上《いじょう》、面倒《めんどう》が起《お》こらないうちにと腰《こし》をあげる。その時《とき》ふっと、手作《てづく》りらしい粗末《そまつ》な位牌《いはい》が目《め》に入《はい》った。汚《きたな》い字《じ》で表《おもて》に「さんた」と書《か》かれている。

――三太《さんた》、死《し》んでたんだ……。

身動《みうご》きできずにいる長吉《ちょうきち》へ、老婆《ろうば》が声《こえ》をかける。

「もう行《い》くのかい……そうか、遅《おそ》くなると親方《おやかた》に叱《しか》られるものね」

三太《さんた》はどこかへ奉公《ほうこう》に出《で》ていたらしい。よし、怒《おこ》られるからしょうがない、といえば帰《かえ》れるぞ、と胸《むね》をなでおろした。老婆《ろうば》がさびしさをこらえるような顔《かお》になっていう。

「いいよ、お行《い》き。あたしは平気《へいき》だから」

「……いや、まだだいじょうぶ」

自分《じぶん》でも思《おも》いがけない答《こた》えをかえしてしまう。おれは何《なに》をしてるんだと舌打《したう》ちしたものの、甕《かめ》に水《みず》を足《た》してやったりして、夕方《ゆうがた》まで老婆《ろうば》の世話《せわ》を焼《や》いて引《ひ》き上《あ》げることになった。

外《そと》へ出《で》ると、暑《あつ》さもすっかり和《やわ》らいでいる。通《とお》りかかったおばさんが、長吉《ちょうきち》を見《み》て薄《うす》笑《わら》いを浮《う》かべた。

「こんどは、あんたかい」

「えっ？」と首《くび》をかしげていると、おばさんは憐《あわ》れむような目《め》でつづけた。

「あの婆《ばあ》さんは、ずっと一人《ひとり》だよ。子《こ》どもなんか、いやしない。位牌《いはい》までこしらえて、手《て》のこんだことだよ。呆《ぼ》けたふりばかり上手《うま》くてねぇ」

毒《どく》づきながら立《た》ち去《さ》ってゆく。長吉《ちょうきち》は唇《くちびる》をかみしめ、食《く》い入《い》るようにぼろ家《や》を見《み》つめた。しばらくそのままでいたが、やがて小走《こばし》りに近《ちか》づき、戸《と》へ手《て》をかける。一気《いっき》に開《ひら》くと、団扇《うちわ》を使《つか》っていた老婆《ろうば》が、ぎょっとなって振《ふ》りかえった。

「さ、三太《さんた》……忘《わす》れものかい」

「三太《さんた》じゃねえ」

きっぱりと言《い》い切《き》った。老婆《ろうば》の顔色《かおいろ》がさっと変《か》わる。

「長吉《ちょうきち》っていうんだ。三太《さんた》に頼《たの》まれた、おれはなかなか帰《かえ》れねえから、ちょくちょくおふくろの顔《かお》を見《み》に行《い》ってくれって」

砂原浩太朗

（すなはら・こうたろう）1969年生まれ、兵庫県神戸市出身。早稲田大学第一文学部卒業。出版社勤務を経て、フリーのライター・編集・校正者に。2016年、「いのちがけ」で第2回「決戦！小説大賞」を受賞。著書に『いのちがけ　加賀百万石の礎』『高瀬庄左衛門御留書』、共著に『決戦！桶狭間』『決戦！設楽原』、また、歴史コラム集『逆転の戦国史』がある。

お墓参《はかまい》り

緑川聖司《みどりかわせいじ》

蟬《せみ》の声《こえ》が降《ふ》り注《そそ》ぐ中《なか》、わたしは専用《せんよう》のスポンジと洗剤《せんざい》で墓石《ぼせき》をピカピカに磨《みが》き上《あ》げると、お線香《せんこう》とお花《はな》を供《そな》えて手《て》を合《あ》わせた。

立《た》ち上《あ》がって、スマホのカメラを構《かま》える。

角度《かくど》を変《か》えて、何枚《なんまい》か写真《しゃしん》を撮《と》ったところで、

「なにしてるの？」

とつぜん背後《はいご》から声《こえ》をかけられて、わたしはドキッとした。

以前《いぜん》、報告《ほうこく》のための写真《しゃしん》を撮《と》っていて、不謹慎《ふきんしん》だと注意《ちゅうい》されたことがあったのだ。

振《ふ》り返《かえ》ると、小学校低学年《しょうがっこうていがくねん》くらいの男《おとこ》の子《こ》が、不思議《ふしぎ》そうにわたしを見上《みあ》げている。

わたしはホッとして、

「仕事《しごと》だよ」

なるべく不審人物《ふしんじんぶつ》に見《み》えないように、微笑《ほほえ》みながら答《こた》えた。

「お墓参《はかまい》りに来《こ》られない人《ひと》の代《か》わりに、お墓《はか》を掃除《そうじ》して、お参《まい》りをしてあげてるんだ」

正式《せいしき》には〈墓参《はかまい》り代行《だいこう》サービス〉といって、お墓《はか》が遠方《えんぽう》にあったり、事情《じじょう》で直接来《ちょくせつこ》られない人《ひと》のためのサービスだ。

「どうして来《こ》られないの？」

男《おとこ》の子《こ》は素朴《そぼく》な口調《くちょう》で聞《き》いてきた。

「いろいろと事情《じじょう》があるんだよ」

「事情《じじょう》？」

「うん。例《たと》えば、お仕事《しごと》が忙《いそが》しくて休《やす》みがとれないとか、怪我《けが》や病気《びょうき》でお出《で》かけできないとか……」

最近《さいきん》では、お墓参《はかまい》りをする側《がわ》も高齢化《こうれいか》がすすんでいて、体力的《たいりょくてき》な事情《じじょう》から依頼《いらい》してくることも少《すく》なくない。

それに加《くわ》えて、今年《ことし》は感染症《かんせんしょう》の流行《りゅうこう》で帰省《きせい》を自粛《じしゅく》する傾向《けいこう》もあって、依頼《いらい》は倍増《ばいぞう》していた。

しかし、男《おとこ》の子《こ》には納得《なっとく》できる答《こた》えではなかったようだ。

「でも、いってあげないとかわいそうだよ」

男《おとこ》の子《こ》の言葉《ことば》に、わたしは腰《こし》を屈《かが》めて答《こた》えた。

「直接《ちょくせつ》来《こ》ないからといって、忘《わす》れてるわけじゃないんだよ」

最近《さいきん》では、墓地《ぼち》を回《まわ》っていても、長《なが》い間《あいだ》ほったらかしにされているお墓《はか》をよく見《み》かける。

それに比《くら》べれば、代行《だいこう》サービスに頼《たの》むだけましかもしれない。

「でも……」

男《おとこ》の子《こ》が涙目《なみだめ》になってうつむいたとき、墓地《ぼち》の入《い》り口《ぐち》の方《ほう》から話《はな》し声《ごえ》が聞《き》こえてきた。

男《おとこ》の子《こ》がパッと顔《かお》をあげる。

「来《き》てくれたんだ」

「ご家族《かぞく》かい？」

わたしの問《と》いに、男《おとこ》の子《こ》は満面《まんめん》の笑《え》みでうなずいた。

「うん。ぼく、戻《もど》らなきゃ」

「そうか。じゃあね」

わたしは手《て》を振《ふ》った。

「うん、またね」

男《おとこ》の子《こ》はくるりと背中《せなか》を向《む》けて、すべるように走《はし》り出《だ》した。

中年《ちゅうねん》の夫婦《ふうふ》と中学生《ちゅうがくせい》くらいの娘《むすめ》さんが、真新《まあたら》しい墓石《ぼせき》の前《まえ》で手《て》を合《あ》わせている。

男《おとこ》の子《こ》はその家族《かぞく》に駆《か》け寄《よ》ると、墓石《ぼせき》の中《なか》に溶《と》け込《こ》むように姿《すがた》を消《け》した。

娘《むすめ》さんが、何《なに》かを感《かん》じたように顔《かお》をあげる。

わたしはその光景《こうけい》をしばらく眺《なが》めていたけど、やがて汗《あせ》をぬぐって、仕事道具《しごとどうぐ》を片付《かたづ》け始《はじ》めた。

緑川聖司

（みどりかわ・せいじ）大阪府生まれ。『晴れた日は図書館へいこう』で第1回日本児童文学者協会長編児童文学新人賞の佳作となりデビュー。主な作品に、「本の怪談」シリーズ、「猛獣学園！　アニマルパニック」シリーズなどがある。

妖怪《ようかい》ヨガノボウ

篠原《しのはら》美季《みき》

「まただ……」

悲《かな》しみとともにつぶやいたぼくは、ズタズタにされ穴《あな》だらけになった部分《ぶぶん》にさわって肩《かた》を落《お》とす。こんなことが許《ゆる》されていいものか?

——いや、よくない。ぜったいに、いいわけがない。

そこで、ぼくは、彼《かれ》らに対《たい》して戦《たたか》いを挑《いど》むことにした。

(あいつら。ぜったいにやっつけてやる!)

戦争《せんそう》は断固《だんこ》反対《はんたい》だけど、大事《だいじ》なものを守《まも》るためなら、ぼくだって戦《たたか》う。これは、その戦《たたか》いの克明《こくめい》な記録《きろく》である。

(ただ、問題《もんだい》は、その方法《ほうほう》なんだよなあ)

庭《にわ》に水《みず》をやりながら考《かんが》えていた僕《ぼく》を、母《はは》が呼《よ》んだ。

「アキ〜、ごはんよ〜」

「わかった〜」

戦《たたか》いの最中《さなか》といえども、ごはんは食《た》べる。腹《はら》が減《へ》っては戦《いくさ》ができぬって、どこの誰《だれ》が言《い》ったか知《し》らないけど、わかる。なにをするにも、ごはんは基本《きほん》だ。

そこで、たらふくごはんを食《た》べたぼくは、宿題《しゅくだい》をやる振《ふ》りをしてふたたび考《かんが》え込《こ》んだ。

実《じつ》を言《い》うと、ぼくはまだ彼《かれ》らの姿《すがた》を見《み》たことがない。

彼《かれ》らは闇《やみ》にまぎれてやってきては対象物《たいしょうぶつ》に取《と》りつき、無抵抗《むていこう》の相手《あいて》をムシャムシャとむさぼり食《く》ってしまうのだ。

恐《おそ》ろしい連中《れんちゅう》だろう?

ぼくは彼《かれ》らのことを「妖怪《ようかい》ヨガノボウ」と呼《よ》んでいるけど、彼《かれ》らが闇《やみ》にうごめく姿《すがた》を想《そう》像《ぞう》するだけで鳥肌《とりはだ》が立《た》ってくる。まさに、妖怪《ようかい》だ。どうしたら、そんなおっかない連中《れんちゅう》をやっつけることができるのか。

頭《あたま》をひねり、あれこれ罠《わな》をしかけてみたが、けっきょくどれもうまくいかず、日々《ひび》犠牲《ぎせい》が増《ふ》えていくのをとめられないまま、数日《すうじつ》が過《す》ぎた。

もうダメだ。ぼくには彼《かれ》らを止《と》められない。

そんな無力感《むりょくかん》に打《う》ちのめされながら朝《あさ》ご飯《はん》を食《た》べていたぼくに、父《ちち》が言《い》った。

「そう言《い》えば、裏《うら》の畑《はたけ》でヨトウが大量発生《たいりょうはっせい》したらしくて大々的《だいだいてき》に駆除《くじょ》したそうだ。その時《とき》にアキのアサガオの話《はなし》をしたら、ついでにうちの庭《にわ》にも農薬《のうやく》をまいてくれるってさ。よかったな、アキ。もう心配《しんぱい》ないぞ」

以来《いらい》、本当《ほんとう》に彼《かれ》らは来《こ》なくなり、ぼくの戦《たたか》いはふいに終《お》わりを告《つ》げた。

おかげで虫食《むしく》い葉《ば》の記録《きろく》も途中《とちゅう》でストップしたまま、ある朝起《あさお》きたらアサガオがきれいに咲《さ》いていた。

その日《ひ》、縁側《えんがわ》でスイカを食《た》べているとトンボが飛《と》んできて、ぼくはそれを見《み》ながら、来《らい》年《ねん》もアサガオを育《そだ》てようと心《こころ》に誓《ちか》った。

篠原美季

（しのはら・みき）横浜市在住。明治学院大学卒業。2000年、『英国妖異譚』で第8回ホワイトハート大賞〈優秀賞〉を受賞しデビュー。「英国妖異譚」は「欧州妖異譚」と続き、現在シリーズが番外編も含め52巻を数える。また香谷美季名義で「あやかしの鏡」シリーズを執筆している。

マスク農家《のうか》の憂鬱《ゆううつ》

木下昌輝《きのしたまさき》

丹精《たんせい》こめて作《つく》ったマスクたちの出荷《しゅっか》の時期《じき》が近《ちか》づいてきていた。目《め》の前《まえ》には野球《やきゅう》グランドほどの広《ひろ》さのマスク農園《のうえん》がある。人《ひと》の背丈《せたけ》の二倍《ばい》の木《き》が並《なら》び、たわわに実《みの》ったマスクが枝《えだ》からぶら下《さ》がっている。例年《れいねん》より生長《せいちょう》が早《はや》く、熟《じゅく》しすぎたマスクがもう地面《じめん》に落《お》ちていた。高値《たかね》で流通《りゅうつう》するプリーツ型《がた》のマスクが、それほど落《お》ちていないことにホッとする。

「おじいちゃん、そのマスク、捨《す》てるの」

東京《とうきょう》から遊《あそ》びにきた孫娘《まごむすめ》だった。

「傷《きず》ものになったから売《う》り物《もの》にはならないけど、儂《わし》らが使《つか》うぶんには問題《もんだい》ない」

落《お》ちているプリーツ型《がた》マスクを拾《ひろ》い、ひもを広《ひろ》げて孫娘《まごむすめ》の顔《かお》につけてやった。

「わあ、おじいちゃん、とっても大《おお》きい」

「小《ちい》さいと政府《せいふ》から文句《もんく》いわれるからね」

マスク農家《のうか》の目標《もくひょう》は、アベノマスクとして流通《りゅうつう》させることだ。政府《せいふ》が高値《たかね》で買《か》い取《と》ってくれる。が、大《おお》きさなどに細《こま》かい規定《きてい》があり、クリアするのは容易《ようい》でない。

「おじいちゃん、とってもいい香《かお》りがする。やっぱり、取《と》れたてだから」

「うちのマスクは、香《かお》りがいいって昔《むかし》から評判《ひょうばん》なんだ。江戸時代《えどじだい》から続《つづ》くマスク農家《のうか》だからね、種《たね》が違《ちが》うよ」

「そんなに昔《むかし》から作《つく》ってるの」

「ここらは、みんな昔《むかし》からマスク農家《のうか》さ。どこの家《いえ》も自慢《じまん》の種《たね》がある」

この地方《ちほう》の風習《ふうしゅう》では、嫁入道具《よめいりどうぐ》として娘《むすめ》にマスクの種《たね》を持《も》たせる。孫娘《まごむすめ》に、先祖《せんぞ》が伝《つた》えてきたマスクの種《たね》を持《も》たせるのが夢《ゆめ》だった。が、もうその夢《ゆめ》は叶《かな》えられない。

「あ、おじいちゃん、四《よ》つ葉《ば》のマスク」

孫娘《まごむすめ》がぴょんと飛《と》びはねた。プリーツ型《がた》マスクが四枚重《まいかさ》なって枝《えだ》に実《みの》っていた。

「四《よ》つ葉《ば》のマスク、とっちゃだめ？」

七月二十二日《がつにち》に好《す》きな人《ひと》に四《よ》つ葉《ば》のマスクを渡《わた》すと、永遠《えいえん》に結《むす》ばれるという言《い》い伝《つた》えがある。木《き》になるマスクは大切《たいせつ》な商品《しょうひん》だ。いつもなら首《くび》を横《よこ》にふるが、「いいよ」と答《こた》えた。

先日《せんじつ》、種苗法改正案《しゅびょうほうかいせいあん》が国会《こっかい》で通《とお》った。これにより、マスクの自家増殖《じかぞうしょく》が禁止《きんし》になった。政府指定《せいふしてい》のマスク種《しゅ》しか許《ゆる》されない。マスク種《しゅ》の海外流出《かいがいりゅうしゅつ》を防《ふせ》ぐための法改正《ほうかいせい》らしいが、そのせいでなぜ先祖代々《せんぞだいだい》続《つづ》くマスク種《しゅ》を手放《てばな》さねばならないのか。

「ほら、誰《だれ》にあげるのかな」

四《よ》つ葉《ば》のマスクをもぎ、孫娘《まごむすめ》に手渡《てわた》す。

「おじいちゃんには教《おし》えてあげない」

マスクを胸《むね》にかかえ、孫娘《まごむすめ》が走《はし》る。小《ちい》さな背中《せなか》は、やがて農園《のうえん》の外《そと》へと消《き》えていった。

木下昌輝

(きのした・まさき)1974年、奈良県生まれ。近畿大学理工学部建築学科卒業。2012年「宇喜多の捨て嫁」で第92回オール讀物新人賞を受賞。同作は第152回直木賞候補となり、2015年に第2回高校生直木賞、第4回歴史時代作家クラブ賞新人賞、第9回舟橋聖一文学賞を受賞。2019年に『天下一の軽口男』で第7回大阪ほんま本大賞、『絵金、闇を塗る』で第7回野村胡堂文学賞、2020年に『まむし三代記』で第26回中山義秀文学賞を受賞。

怪盗道化師《かいとうピエロ》『学校《がっこう》を盗《ぬす》む話《はなし》』

はやみねかおる

道化師《ピエロ》は、世《よ》の中《なか》にとって価値《かち》のないものを盗《ぬす》む怪盗《かいとう》です。その正体《しょうたい》は、西沢書店《にしざわしょてん》のおじさんです（みんな知《し》ってますけどね）。

今日《きょう》も、おじさんは、お客《きゃく》のいない書店《しょてん》で店番《みせばん》をしています。足下《あしもと》では、飼《か》い犬《いぬ》のゴロが、大《おお》きなアクビをしています。

すると、一人《ひとり》の小学生《しょうがくせい》が入《はい》ってきました。

「ぼくは、児童会長《じどうかいちょう》の吉川翔太《よしかわしょうた》と言《い》います。怪盗道化師《かいとうピエロ》に、学校《がっこう》を盗《ぬす》んでほしいんです」

驚《おどろ》いたおじさんが理由《りゆう》を聞《き》きました。それによると、新型《しんがた》コロナウイルスの影響《えいきょう》で、学校行事《がっこうぎょうじ》が次々《つぎつぎ》と中止《ちゅうし》になっていると言《い》います。遠足《えんそく》もプール授業《じゅぎょう》も学校《がっこう》キャンプも――。

「こんなつまらない学校《がっこう》、価値《かち》がありません」

「よくわかった。いろいろ準備《じゅんび》があるから、一週間《しゅうかん》ほど待《ま》ってくれないかな」

翔太君《しょうたくん》が帰《かえ》ると、おじさんは『誰《だれ》にでもわかるやさしい変装入門《へんそうにゅうもん》』を出《だ》して、何《なに》かを作《つく》り始《はじ》めました。

次《つぎ》の日《ひ》、翔太君《しょうたくん》は先生《せんせい》に呼《よ》ばれました。

「自分《じぶん》たちでやりたい運動会《うんどうかい》。その計画《けいかく》を立《た》ててみないかい?」

さっそく、翔太君《しょうたくん》はオンライン会議《かいぎ》システムを使《つか》い、学校《がっこう》のみんなの意見《いけん》を集《あつ》めます。

「運動会《うんどうかい》やりたい」「やりたいけどどうやって?」「徒競走《ときょうそう》はやりたい」「だから、やりたいだけじゃダメだって」「怒《おこ》られながら練習《れんしゅう》するのはイヤだ」「自分《じぶん》のやりたい運動会《うんどうかい》なら、怒《おこ》られても頑張《がんば》れる」「みんなでやれる運動会《うんどうかい》を考《かんが》えようよ!」「二メートルの棒《ぼう》の両端《りょうはし》を二人《ふたり》が持《も》ってのリレーは?」「長《なが》い紐《ひも》をズボンの後《うし》ろに入《い》れて、その紐《ひも》を取《と》り合《あ》いする競技《きょうぎ》もできるよ」「手洗《てあら》いやうがい、換気《かんき》を入《い》れた障害物競走《しょうがいぶつきょうそう》」「来賓挨拶《らいひんあいさつ》はいらないな」「先生《せんせい》にも協力《きょうりょく》してもらおう」――。

翔太君《しょうたくん》は、それらの意見《いけん》をまとめて、『これならやれる自分《じぶん》たちの運動会《うんどうかい》』の提案書《ていあんしょ》を書《か》き上《あ》げました。

一週間後《しゅうかんご》、道化師《ピエロ》が翔太君《しょうたくん》に訊《き》きました。

「学校《がっこう》を盗《ぬす》む件《けん》だけど――」

「もういいです。ぼく、忙《いそが》しいので――」

翔太君《しょうたくん》は、先生《せんせい》たちに職員会議《しょくいんかいぎ》で提案《ていあん》する準備《じゅんび》のため、それどころではないのです。

安心《あんしん》した道化師《ピエロ》は、『誰《だれ》にでもわかるやさしい変装入門《へんそうにゅうもん》』を読《よ》んで作《つく》った〝先生《せんせい》の変装《へんそう》マスク〟を片付《かたづ》けると、ゴロに言《い》いました。

「じゃあ、帰《かえ》って新型《しんがた》コロナウイルスを盗《ぬす》む準備《じゅんび》にかかろうか」

怪盗道化師《かいとうピエロ》の提案《ていあん》に、ゴロが大《おお》きな声《こえ》で「わおん！」と返事《へんじ》しました。

はやみねかおる

1964年、三重県生まれ。三重大学教育学部を卒業後、小学校の教師になり、クラスの本ぎらいの子どもたちを夢中にさせる本をさがすうちに、みずから書きはじめる。「怪盗道化師《ピエロ》」で第30回講談社児童文学新人賞に入選。「名探偵夢水清志郎事件ノート」「怪盗クイーン」「都会《まち》のトム&ソーヤ」などのシリーズのほか、『バイバイ　スクール』『ぼくと未来屋の夏』『帰天城《かえりそらじょう》の謎　TRICK　青春版』などの作品がある。

ラン・オン・ライン

額賀《ぬかが》澪《みお》

「これでもさあ、悪《わる》かったと思《おも》ってるんだよ」

スターティングブロックに足《あし》を置《お》いた瞬間《しゅんかん》に謝罪《しゃざい》してきた舞弓先生《まゆみせんせい》に、思《おも》わず「え、いまっ？」と僕《ぼく》は顔《かお》を上《あ》げた。

「三年間頑張《ねんかんがんば》った勇二《ゆうじ》のいい思《おも》い出《で》になるように、ぱーっと全国《ぜんこく》の中学生《ちゅうがくせい》とオンライン競技会《きょうぎかい》ができたら……なんて思《おも》ったんだよ」

それが、世界《せかい》を巻《ま》き込《こ》んだ大事《おおごと》になってしまうなんて。舞弓先生《まゆみせんせい》の眉間《みけん》には、皺《しわ》と一緒《いっしょ》にそんな本音《ほんね》が刻《きざ》まれている。

僕《ぼく》の中学最後《ちゅうがくさいご》の大会《たいかい》が中止《ちゅうし》になると決《き》まってすぐ、先生《せんせい》はフォロワーが数人《すうにん》しかいないSNS《エスエヌエス》に「オンライン競技会《きょうぎかい》をやろう！」と書《か》き込《こ》んだ。どういうわけか、それを五輪《ごりん》にも出場《しゅつじょう》した有名《ゆうめい》な陸上選手《りくじょうせんしゅ》が拡散《かくさん》してしまった。思《おも》いつきは世界中《せかいじゅう》に広《ひろ》まり、いろんな国《くに》の選手《せんしゅ》を巻《ま》き込《こ》んだ大《だい》イベントになってしまった。ド田舎《いなか》の、部員《ぶいん》が一人《ひとり》しかいない陸上部《りくじょうぶ》には荷《に》が重《おも》すぎる。今日《きょう》を迎《むか》えるまで、僕《ぼく》と舞弓先生《まゆみせんせい》がどれだけ苦労《くろう》したか。競技会《きょうぎかい》のルールを決《き》めるため、ホノルルに暮《く》らすビルと、ブリュッセルのクリスとＺｏｏｍ《ズーム》で会議《かいぎ》するのは重労働《じゅうろうどう》だった。舞弓先生《まゆみせんせい》の英語《えいご》は全《まった》く通《つう》じず、「俺《おれ》は日本語《にほんご》が喋《しゃべ》れるぜ」と言《い》い張《は》るビルとは、ポケモンの名前《なまえ》でしかコミュニケーションできなかった。

「先生《せんせい》、そろそろ時間《じかん》じゃないかな」

日本《にほん》は午後《ごご》四時《じ》。ホノルルは夜《よる》九時《じ》。ベルギーは朝《あさ》九時《じ》。彼《かれ》らだけじゃない。日本《にっぽん》の至《いた》るところで、世界《せかい》の至《いた》るところで、同世代《どうせだい》の子達《こたち》が一斉《いっせい》に１００ｍ《メートル》を走《はし》ってタイムを競《きそ》う。

僕《ぼく》の記録《きろく》は散々《さんざん》だろう。中学最後《ちゅうがくさいご》の大会《たいかい》で自己《じこ》ベストを更新《こうしん》できたらいいや、くらいのつもりだった。競技《きょうぎ》だって引退《いんたい》するつもりだった。全国大会《ぜんこくたいかい》の常連《じょうれん》や、世界《せかい》を見据《みす》えて走《はし》っている子《こ》に比《くら》べたら、レベルが低《ひく》すぎる。

「準備《じゅんび》はいい？」

舞弓先生《まゆみせんせい》の声《こえ》が強《こわ》ばっていた。アスリートの卵達《たまごたち》のお祭《まつ》りに凡人《ぼんじん》の僕《ぼく》を放《ほう》り込《こ》んだことを、申《もう》し訳《わけ》ないと思《おも》っているのだろうか。

舞弓先生《まゆみせんせい》がスターターピストルを構《かま》える。乾《かわ》いたグラウンドに引《ひ》かれた白線《はくせん》を睨《にら》みつけた。慣《な》れ親《した》しんだ土《つち》の匂《にお》いの向《む》こうに、今《いま》この瞬間《しゅんかん》、同《おな》じようにゴールを見据《みす》えるたくさんの同世代《どうせだい》の選手《せんしゅ》がいる。

ピストルが鳴《な》る。スタートはいい飛《と》び出《だ》しだった。練習《れんしゅう》できない期間《きかん》が長《なが》かったのに体《からだ》が軽《かる》い。スピードに乗《の》り、三年間《ねんかん》たった一人《ひとり》で走《はし》り続《つづ》けた１００ｍ《メートル》のコースを突《つ》き進《すす》む。わかっている。僕《ぼく》のタイムは、競技会《きょうぎかい》に参加《さんか》した全選手《ぜんせんしゅ》の中《なか》でビリかもしれないって。

でも確《たし》かに今《いま》、世界中《せかいじゅう》の選手《せんしゅ》と一緒《いっしょ》に走《はし》っている。それは、悪《わる》い気分《きぶん》ではなかった。

額賀澪

（ぬかが・みお）１９９０年生まれ、茨城県出身。日本大学芸術学部文芸学科卒。２０１５年に「ウインドノーツ」（『屋上のウインドノーツ』に改題）で第22回松本清張賞を、『ヒトリコ』で第16回小学館文庫小説賞を受賞しデビュー。２０１６年、『タスキメシ』が第62回青少年読書感想文全国コンクール高等学校部門課題図書に。その他の既刊に『さよならクリームソーダ』『風に恋う』『沖晴くんの涙を殺して』『完パケ！』などがある。

ヤドコと花《はな》ちゃん

寺地《てらち》はるな

「くるみ、アイス食《た》べたくない?」

ドアの向《む》こうから声《こえ》が聞《き》こえる。食《た》べたくない? と花《はな》ちゃんが言《い》う時《とき》はたいてい自分《じぶん》が食《た》べたい時《とき》なのだ。「べつに」と答《こた》えたら、ずんずん部屋《へや》に入《はい》ってきた。花《はな》ちゃんは石《いし》を磨《みが》くわたしの手元《てもと》を覗《のぞ》きこみ「また石《いし》か!」と鼻《はな》を鳴《な》らす。「そのへんの石《いし》を拾《ひろ》ってきてピカピカになるまで磨《みが》くのが好《す》きなんて、女子高生《じょしこうせい》の趣味《しゅみ》とは思《おも》われへん!」とあきれ顔《がお》だけど、趣味《しゅみ》は自分《じぶん》の性別《せいべつ》や年齢《ねんれい》に応《おう》じて選《えら》ぶものではない。

「なー、ヤドコもそう思《おも》うよなー」

水槽《すいそう》に話《はな》しかけたりして。ヤドコというのは、わたしが部屋《へや》で飼《か》っているオカヤドカリだ。こわがりで、水槽《すいそう》に人《ひと》が近《ちか》づくとさっと貝殻《かいがら》にひっこむ。

「ねえ、くるみちゃん。アイス買《か》いに行《い》こうやー、なー、なー」

だだをこねる彼女《かのじょ》を黙《だま》らせるため、ともにコンビニに向《む》かった。半年前《はんとしまえ》からうちに居《い》候《そうろう》している花《はな》ちゃんは、父《ちち》の年《とし》の離《はな》れた妹《いもうと》だ。

外《そと》を歩《ある》く時《とき》、花《はな》ちゃんはパーカーのフードを深《ふか》くかぶる。夜《よる》とはいえ、かなり暑《あつ》そうだ。マスクもしているし、顔《かお》はほとんど見《み》えない。

「外《そと》で他人《たにん》に会《あ》うと責《せ》められているように感《かん》じる」と彼女《かのじょ》は言《い》う。だから顔《かお》を隠《かく》す。ヤドコみたいに。三十歳《さい》で、会社《かいしゃ》をクビになって家賃《やちん》を払《はら》えなくなってアパートの大家《おおや》さんとケンカして追《お》い出《だ》されたという彼女《かのじょ》の事情《じじょう》などご近所《きんじょ》の人《ひと》はたぶん誰《だれ》ひとり興味《きょうみ》がないのに、本人《ほんにん》だけがめちゃくちゃに警戒《けいかい》している。いわゆる「大人《おとな》になりきれぬ大人《おとな》」である、わたしの叔母《おば》さん。

あいつは今自分《いまじぶん》の人生《じんせい》を模索中《もさくちゅう》なんや、と父《ちち》は彼女《かのじょ》をかばう。とはいえ、いくらなんでも子《こ》ども過《す》ぎるやろとわたしは反論《はんろん》した。とにかく騒《さわ》がしいし、わがままだし、すぐ泣《な》くし。

父《ちち》は「くるみは賢《かしこ》いな」と笑《わら》っていた。

賢《かしこ》い。子《こ》どもの頃《ころ》からしょっちゅうそう言《い》われてきた。学校《がっこう》の先生《せんせい》からも、親戚《しんせき》の人《ひと》たちからも。

サイフをにぎりしめて「パピコにしような、半分《はんぶん》こやで」と念《ねん》を押《お》すところを見《み》ると花《はな》ちゃんの財政状況《ざいせいじょうきょう》はよほどきびしいのだろう。

公園《こうえん》のベンチに座《すわ》って、ふたりでアイスを食《た》べる。

「くるみは賢《かしこ》いな」と笑《わら》った父《ちち》は「でもな」と続《つづ》けた。

「パパッと世《よ》の中《なか》が見《み》えてしまうのは、見《み》えた気《き》になってしまうのは、子《こ》どもの賢《かしこ》さやな。なにかにぶつかって立《た》ち止《ど》まるのはしんどいことやで。もがくのもかっこわるい。でも、かっこわるいことができる花《はな》は、いずれどこかにたどりつく。たぶん道《みち》に迷《まよ》わずまっすぐ歩《ある》いた人間《にんげん》にはたどりつかれへんような、遠《とお》い場所《ばしょ》にな」

父《ちち》の言《い》っていることは、わたしにはわからない、というか、あんまりわかりたくない。だけど夏《なつ》の夜《よる》に外《そと》で食《た》べるアイスがとてもおいしいということはわかる。それから。

「わたし、花《はな》ちゃんのこと、嫌《きら》いではないねん」

そのことも、自分《じぶん》でちゃんとわかっている。花《はな》ちゃんはびっくりしたようにわたしを見《み》て、フードを脱《ぬ》いだ。ぬるい風《かぜ》が吹《ふ》いて、花《はな》ちゃんの白《しろ》い額《ひたい》にかかった前髪《まえがみ》を揺《ゆ》らす。

寺地はるな

（てらち・はるな）1977年、佐賀県生まれ。2014年『ビオレタ』でポプラ社小説新人賞を受賞しデビュー。他の著書に『大人は泣かないと思っていた』『夜が暗いとはかぎらない』『希望のゆくえ』『水を縫う』など。最新作は『ほたるいしマジカルランド』。

ドラゴンアイス

パリュスあや子《こ》

「アイス食《た》べたい」？

なんだこりゃ。風太《ふうた》は気《き》が抜《ぬ》けた。

――だから嫌《いや》だったんだよ、菫《すみれ》を仲間《なかま》に入《い》れるなんて。

幼馴染《おさななじみ》の陸斗《りくと》と書《か》き進《すす》めている「交換小説《こうかんしょうせつ》」。寝《ね》る前《まえ》に話《はなし》を考《かんが》えて、携帯《けいたい》で書《か》いて送《おく》る。翌日《よくじつ》の夜《よる》には、その続《つづ》きを陸斗《りくと》が書《か》いて送《おく》ってくる。

一回目《かいめ》は特殊能力《とくしゅのうりょく》をもったヒーローたちの話《はなし》にしたが、たちまちアイディアが浮《う》かば

なくなり、風太《ふうた》が「全世界《ぜんせかい》は救《すく》われた。」で、むりやり終《お》わらせた。

仕切《しき》り直《なお》して二回目《かいめ》、ドラゴンと少年《しょうねん》という設定《せってい》でいこうと掃除《そうじ》の時間《じかん》に盛《も》り上《あ》がっ

ているところを、同《おな》じ班《はん》の菫《すみれ》に聞《き》かれてしまった。

「マンガ描《か》いてるの？」

風太《ふうた》は「ちげぇよ」と流《なが》そうとしたが、陸斗《りくと》が耳《みみ》を赤《あか》くしながらも嬉《うれ》しそうに「交換《こうかん》

小説《しょうせつ》」の解説《かいせつ》を始《はじ》めた。コクコク頷《うなず》く菫《すみれ》のほっぺたも、ふんわりピンク色《いろ》になっていく。

マズイ……風太《ふうた》の予感《よかん》は的中《てきちゅう》した。菫《すみれ》も仲間《なかま》に入《い》れてくれと訴《うった》えて、引《ひ》かない。小学《しょうがっ》校高学年《こうこうがくねん》で初《はじ》めて同《おな》じクラスになったが、おとなしい女子《じょし》だと思《おも》って油断《ゆだん》していた。

結局《けっきょく》、陸斗《りくと》が「新《あたら》しい視点《してん》が入《はい》るのも、いいんじゃないかな」とカッコつけたせいで、交換小説用《こうかんしょうせつよう》にLINE《ライン》の三人《にん》グループを作《つく》ることになってしまった。その結果《けっか》がコレだ。


――なんでドラゴンがアイスを食《た》べたくなるわけ？

風太《ふうた》は頭《あたま》を抱《かか》える。せっかく陸斗《りくと》がイイ感《かん》じに物語《ものがたり》を始《はじ》めてくれたのに、菫《すみれ》のやつ！

ドラゴンがアイスを食《た》べようと口《くち》を開《ひら》けば、熱《ねつ》で溶《と》けてしまう。それを悲《かな》しんでいるところに、独《ひと》りぼっちの少年《しょうねん》が現《あらわ》れ――続《つづ》きは風太《ふうた》にバトンタッチされた。

少年《しょうねん》が溶《と》けないアイスを作《つく》る？

燃《も》えないストローでアイスを飲《の》ませる？

ドラゴンの息《いき》を冷《さ》ますとか？

テストでもこんなに頭《あたま》を使《つか》うことはない。自分《じぶん》では考《かんが》えもしない考《かんが》えに真剣《しんけん》に向《む》き合《あ》うと疲《つか》れると、よくわかった。なのにだんだん、おもしろくなってきたから不思議《ふしぎ》だ。脳《のう》みそが動《うご》き出《だ》すかんじ……いつのまにかベッドに涎《よだれ》を垂《た》らしていた風太《ふうた》は、ピロンという携《けい》帯《たい》の音《おと》に起《お》こされた。

「毎日《まいにち》一行《ぎょう》は書《か》くのがルールじゃないの?」

菫《すみれ》からの個人宛《こじんあて》メッセージ。液晶《えきしょう》は「23:59」を告《つ》げている。

——少年《しょうねん》は言《い》った。「僕《ぼく》もアイスを食《た》べたいけど、冷《つめ》たいと歯《は》にしみるんだ。一緒《いっしょ》に食《た》べられる、あたたかいアイスを探《さが》しに行《い》こう」ドラゴンと少年《しょうねん》の旅《たび》が今《いま》、始《はじ》まる。

一気《いっき》に書《か》いて送《おく》った。00:00。ギリギリ間《ま》に合《あ》った、か?

ほとんどヤケクソだったが、風太《ふうた》だけでは決《けっ》して思《おも》いつかない展開《てんかい》になったことにワクワクしていた。「新《あたら》しい視点《してん》」、悪《わる》くないかも。

また、ピロンという音《おと》がした。菫《すみれ》からの一文字《もじ》。

「!」

風太《ふうた》は満足《まんぞく》の溜息《ためいき》をつくと、もう安《やす》らかな寝息《ねいき》をたてていた。

パリュスあや子

（ぱりゅす・あやこ）神奈川県出身、フランス在住。広告代理店勤務を経て、東京藝術大学大学院映像研究科・脚本領域に進学。「山口文子」名義で映画『ずぶぬれて犬ころ』（本田孝義監督／2019年公開）脚本担当、歌集『その言葉は減価償却されました』（2015年）上梓。『隣人X』で第14回小説現代長編新人賞を受賞し作家デビュー。

憧《あこが》れのファーストキス

浜口倫太郎《はまぐちりんたろう》

僕《ぼく》が教室《きょうしつ》の扉《とびら》を開《あ》けると、たくさんの女子高生《じょしこうせい》がいた。このむさくるしい男子校《だんしこう》の教《きょう》室《しつ》に、これだけ可愛《かわい》い女子《じょし》がいる。

性転換現象《せいてんかんげんしょう》……ここ十年《ねん》ほど稀《まれ》に発生《はっせい》する怪奇現象《かいきげんしょう》だ。ある日突然男《ひとつぜんおとこ》が女《おんな》に、女《おんな》が男《おとこ》になるのだ。

僕《ぼく》のこのクラスも、六日前《むいかまえ》にクラス全員《ぜんいん》の男子《だんし》が突然女子《とつぜんじょし》になった。集団《しゅうだん》で性転換現《せいてんかんげん》象《しょう》が起《お》きるのは世界《せかい》でも非常《ひじょう》に珍《めずら》しい。

ただこの現象《げんしょう》が起《お》こっても、特《とく》に誰《だれ》もあわてなかった。この性転換現象《せいてんかんげんしょう》は一週間《しゅうかん》で元《もと》通《とお》りになるからだ。

この女子《じょし》だらけのクラスの中《なか》でも、僕《ぼく》はトップクラスに可愛《かわい》い。僕《ぼく》の男《おとこ》の時《とき》のルックスはいたって平凡《へいぼん》だが、なぜか超絶美少女《ちょうぜつびしょうじょ》になってしまった。

授業《じゅぎょう》が終《お》わり、クラスメイトの誰《だれ》かがしみじみと言《い》った。

「今日《きょう》で女子《じょし》も終《お》わりだもんな。おっぱい揉《も》んどこ」

俺《おれ》も、俺《おれ》もと全員《ぜんいん》が自分《じぶん》の胸《むね》を揉《も》みはじめる。おかしな光景《こうけい》だが、中身《なかみ》は男子校生《だんしこうせい》なのだ。僕《ぼく》も女子《じょし》になって三日《みっか》ほどは、ずっとおっぱいを揉《も》んでいた。

校舎《こうしゃ》の屋上《おくじょう》に行《い》くと、綺麗《きれい》な女《おんな》の子《こ》が待《ま》っていた。さらさらの黒髪《くろかみ》と涼《すず》しげな瞳《ひとみ》。僕《ぼく》の親友《しんゆう》の達彦《たつひこ》だ。

なんて可愛《かわい》いんだろうか、と僕《ぼく》はうっとりした。これが達彦《たつひこ》だとはとても信《しん》じられない。達彦《たつひこ》も僕《ぼく》を見《み》て、目《め》がとろんとしている。

僕《ぼく》は達彦《たつひこ》の側《そば》により、そろそろとたずねた。

「タッちゃん、いいよな」

「……うん、やろう」

僕《ぼく》たちの共通《きょうつう》の夢《ゆめ》は、可愛《かわい》い女《おんな》の子《こ》とファーストキスをすることだ。そこで男《おとこ》に変《か》わる前《まえ》に、二人《ふたり》でキスをすることにした。

もちろん僕《ぼく》も達彦《たつひこ》も親友同士《しんゆうどうし》でキスをするのは嫌《いや》だ。でもこんな美少女《びしょうじょ》とキスができる機会《きかい》が今後《こんご》訪《おとず》れるとは思《おも》えない。この六日間《むいかかん》お互《たが》いずっと話《はな》し合《あ》い、悩《なや》みに悩《なや》んで決《き》めたのだ。

僕《ぼく》は達彦《たつひこ》を抱《だ》き寄《よ》せた。その時《とき》だ。達彦《たつひこ》の肩《かた》が急《きゅう》に盛《も》り上《あ》がってきた。僕《ぼく》は驚《おどろ》きの声《こえ》を上《あ》げる。

「男《おとこ》に戻《もど》ってきてる！」

予定《よてい》よりも早《はや》く性転換現象《せいてんかんげんしょう》が終《お》わったのだ。達彦《たつひこ》の可憐《かれん》な顔《かお》がどんどん角《かく》ばり、細《ほそ》い眉毛《まゆげ》がたわしのようになってきている。

達彦《たつひこ》があわてふためいた。

「カッちゃん、もう六割男《わりおとこ》になってるよ」

僕《ぼく》の豊《ゆた》かなおっぱいも平《たい》らになり、股間《こかん》にあの重《おも》みを感《かん》じる。

「早《はや》くしよう！」

そう叫《さけ》んだ時《とき》には、目《め》の前《まえ》に元《もと》のごつい達彦《たつひこ》がいた。

困《こま》ったように達彦《たつひこ》が言《い》った。

「カッちゃん、どうしよ。もう完全《かんぜん》に男《おとこ》に戻《もど》ったけど……」

「まだ間《ま》に合《あ》う！　俺《おれ》たちなら女子《じょし》の時《とき》の残像《ざんぞう》でいける」

「ざっ、残像《ざんぞう》でいける？　ほんとに？」

「いける！　いける！」

僕《ぼく》は達彦《たつひこ》に強引《ごういん》にキスをした。

そのガサガサした感触《かんしょく》を感《かん》じた瞬間《しゅんかん》、僕《ぼく》はこの世《よ》における大切《たいせつ》な教《おし》えを二《ふた》つ学《まな》んだ。

一度《いちど》決《き》めたら迷《まよ》わずにさっさとやること。そして残像《ざんぞう》でキスをすると、激《はげ》しい後悔《こうかい》に襲《おそ》われるということ……。

浜口倫太郎

（はまぐち・りんたろう）1979年、奈良県生まれ。2010年、『アゲイン』（文庫時『もういっぺん。』に改題）で第5回ポプラ社小説大賞特別賞を受賞しデビュー。放送作家として『ビーバップ！ハイヒール』などを担当。他の著書に『22年目の告白―私が殺人犯です―』『廃校先生』『シンマイ！』『お父さんはユーチューバー』などがある。

三丁目《ちょうめ》ヒーローズ

行成薫《ゆきなりかおる》

ダルいな、と横山《よこやま》が言《い》い、ダルいな、と俺《おれ》が返《かえ》す。

何《なに》もすることのない夏休《なつやす》み。俺《おれ》は毎日《まいにち》、中学《ちゅうがく》で同《おな》じクラスの横山《よこやま》の部屋《へや》で過《す》ごしている。はじめは二人《ふたり》で宿題《しゅくだい》やゲームなどしていたが、それにも飽《あ》きた。外《そと》は暑《あつ》いし、部屋《へや》の中《なか》もそこそこ暑《あつ》い。動《うご》く気《き》にもならない。

「なあ、西川《にしかわ》」

「何《なん》だよ」

「暇《ひま》だし、世界《せかい》を救《すく》うヒーローにならねえか」

横山《よこやま》がまた意味不明《いみふめい》なことを言《い》い出《だ》したので、俺《おれ》は「はあ？」と首《くび》を傾《かし》げる。

「暑《あつ》さで脳《のう》みそ溶《と》けたのか」

「地球《ちきゅう》が大変《たいへん》なことになってるじゃん」

「だからなんだよ」

「太陽《たいよう》に説教《せっきょう》くらわして、もうちょい涼《すず》しくさせるとかできるだろ」

「いや、できるかバカ。なんだ、太陽《たいよう》が俺《おれ》たちに反省文《はんせいぶん》でも書《か》いてくるのか。クソ暑《あつ》くてすみません、とか」

「もう5℃《ど》くらい下《さ》げりゃ、みんな幸《しあわ》せになると思《おも》わないか？」

「横山《よこやま》が一発《いっぱつ》ギャグでもやってくりゃいい。氷点下《ひょうてんか》まで下《さ》がる」

横山《よこやま》は急《きゅう》に立《た》ち上《あ》がると、窓《まど》を開《あ》け、外《そと》に向《む》かって「落《お》ち着《つ》け太陽《たいよう》ー！」などと叫《さけ》び出《だ》した。俺《おれ》は慌《あわ》てて横山《よこやま》を引《ひ》っ張《ぱ》り戻《もど》す。

「お前《まえ》が落《お》ち着《つ》け。情緒不安定《じょうちょふあんてい》か」

「いいか、俺《おれ》は世界中《せかいじゅう》の人《ひと》を救《すく》うヒーローになりてえんだよ」

「心《こころ》がけは立派《りっぱ》だが、行動《こうどう》が伴《ともな》ってねえ」

「だから、俺《おれ》と漫才《まんざい》やろうぜ」

ほあ？　という気《き》の抜《ぬ》けた声《こえ》が俺《おれ》の口《くち》から漏《も》れる。まさか、そんなお誘《さそ》いを受《う》けるとは夢《ゆめ》にも思《おも》っていなかった。

「笑《わら》えば大概《たいがい》のことは我慢《がまん》できるし、くだらない人生《じんせい》だって幸《しあわ》せに感《かん》じるだろ。だから俺《おれ》は、世界《せかい》を救《すく》う芸人《げいにん》という名《な》のヒーローになる」

「海賊王《かいぞくおう》みたいに言《い》うな。そんな簡単《かんたん》にいかねえぞ」

鼻《はな》で笑《わら》う俺《おれ》を、横山《よこやま》が急《きゅう》に真面目《まじめ》な顔《かお》で見《み》つめる。こんなに真剣《しんけん》な眼差《まなざ》しを向《む》けられるのは、幼稚園《ようちえん》で出会《であ》って十年《ねん》、初《はじ》めてのことかもしれない。

「大丈夫《だいじょうぶ》だ西川《にしかわ》。俺《おれ》たちは面白《おもしろ》い」

横山《よこやま》があまりにも自信満々《じしんまんまん》に言《い》うので、俺《おれ》はツッコむのを忘《わす》れて口《くち》を開《あ》けていた。でも、ダルいダルいと言《い》っているよりはマシかもしれない、とも思《おも》っていた。

「明日《あした》から練習《れんしゅう》しようぜ。コンビ名《めい》は、『三丁目《ちょうめ》ヒーローズ』」

「ダサい、クソダサいって横山《よこやま》」

「いやか？」

「いや、その、まあ、お遊《あそ》びならやってもいいけど」

横山《よこやま》はにやりと笑《わら》うと、よし結成《けっせい》！　と言《い》いながら、強引《ごういん》に俺《おれ》と握手《あくしゅ》した。部屋《へや》も暑《あつ》いが、横山《よこやま》も暑苦《あつくる》しい。ついでに、俺《おれ》の胸《むね》の奥《おく》も、ちょっとだけ熱《あつ》くなっていた。

「じゃあ、西川《にしかわ》がボケで、俺《おれ》がツッコミな」

お前《まえ》がボケだろ、と、俺《おれ》はさっそく横山《よこやま》の頭《あたま》を引《ひ》っぱたく。

行成薫

（ゆきなり・かおる）1979年、宮城県生まれ。東北学院大学教養学部卒業。2012年に『名も無き世界のエンドロール』で第25回小説すばる新人賞を受賞しデビュー。他の著作に『バイバイ・バディ』『ヒーローの選択』『僕らだって扉くらい開けられる』『廃園日和』『ストロング・スタイル』『怪盗インビジブル』『本日のメニューは。』『KILLTASK』がある。

造花《ぞうか》、日時計《ひどけい》、プラスチック時計《どけい》

矢部嵩《やべたかし》

「強盗《ごうとう》さん」

呼《よ》ばれて顔《かお》を上《あ》げるとドアのそばにチックが立《た》っていて、呼吸《こきゅう》してから視線《しせん》を合《あ》わせてきた。「どうしたの」

「眠《ねむ》れないの」

「今日《きょう》は暑《あつ》すぎるから」エアコンもどこか精彩《せいさい》を欠《か》いていた。

「この部屋《へや》で寝《ね》てもいい？」チックは両手《りょうて》にナショナルの扇風機《せんぷうき》F《エフ》－C《シー》302A《エー》を抱《かか》えていた。扇風機《せんぷうき》はその個体名《こたいめい》をタックといい、去年《きょねん》の誕生日《たんじょうび》に両親《りょうしん》からプレゼントしてもらったそうだった。「何《なに》かお話《はな》しして欲《ほ》しい」

「本《ほん》でも読《よ》もう」本《ほん》を勝手《かって》に棚《たな》から出《だ》すと、チックはF《エフ》－C《シー》302A《エー》をぶた鼻《ばな》に繋《つな》いだ。両親《りょうしん》のベッドに寝《ね》そべってチックはスリッパを脱《ぬ》いだ。「なんて本《ほん》？」

「造花《ぞうか》、日時計《ひどけい》、プラスチック時計《とけい》」

「どんな話《はなし》？」

「恋愛物《れんあいもの》だよ。三人姉妹《にんしまい》のお姉《ねえ》さんが焼死《しょうし》して、お姉《ねえ》さんの死体《したい》が家《いえ》に帰《かえ》ってきて、死《し》体《たい》と一緒《いっしょ》に見《み》つかった本《ほん》、その題名《だいめい》が『造花《ぞうか》、日時計《ひどけい》、プラスチック時計《どけい》』なんだ。その本《ほん》を持《も》つ人間《にんげん》が焼《や》け死《し》ぬ事件《じけん》が次々《つぎつぎ》起《お》こって、二人《ふたり》の妹《いもうと》がお姉《ねえ》さんの死《し》と、本《ほん》のことを調《しら》べ始《はじ》めるんだ」

「読《よ》むと焼《や》け死《し》ぬ本《ほん》なの？」

「そうなのか調《しら》べてみるとその本書《ほんか》いたのがお姉《ねえ》さんでさ、合作《がっさく》で作《つく》った小説《しょうせつ》だったんだ。私家版《しかばん》で判《わか》るかな、焼身自殺《しょうしんじさつ》した人《ひと》たちもみんな作者《さくしゃ》の一人《ひとり》だったんだ。どうして作者《さくしゃ》が本《ほん》と死《し》ぬのか、本《ほん》の内容《ないよう》は普通《ふつう》の恋愛小説《れんあいしょうせつ》だった、まだ焼《や》け死《し》んでない作者《さくしゃ》が一人《ひとり》だけいることが判《わか》って、その生《い》き残《のこ》りを妹《いもうと》たちは追《お》いかけるんだ」「どうして？」

「色々聞《いろいろき》こうとしてさ」

「強盗《ごうとう》さんはこの本好《ほんす》き？」

「読《よ》んだときは好《す》きだったよ。中盤結構《ちゅうばんけっこう》がっかりしたけど。お姉《ねえ》さんの死体《したい》が帰《かえ》ってくるシーンとか、最後《さいご》の辺《あた》りとか好《す》き」

「最後《さいご》どうなるの？」

「辿《たど》り着《つ》いた地下水道《ちかすいどう》で妹《いもうと》たちは恐《おそ》ろしい目《め》に遭《あ》うんだ」

「面白《おもしろ》かった」チックは溜息《ためいき》をついた。「たまには本《ほん》もいいね」

「どこがよかった？」「最後《さいご》の辺《あた》りかな。タイトルってどういう意味《いみ》だったの？」「説明《せつめい》はなかったよ。作中作《さくちゅうさく》の名前《なまえ》だからさ」

チックがあくびしたので扇風機《せんぷうき》を止《と》めに行《い》き、コードを抜《ぬ》いたタックをチックの横《よこ》に寝《ね》かせた。Ｆ《エフ》－Ｃ《シー》３０２Λ《エー》を抱《だ》きしめチックが笑《わら》ったので、ブランケットを掛《か》けて明《あ》かりを消《け》した。「私《わたし》の部屋《へや》使《つか》っていいよ」

「今日《きょう》は一階《かい》で寝《ね》かせてもらうよ」

「ママとパパ見《み》てきてくれる？」

「多分《たぶん》いちばん涼《すず》しいと思《おも》うよ」

一階《かい》の冷凍庫《れいとうこ》を開《あ》けて綺麗《きれい》な氷《こおり》を見繕《みつくろ》った。二人《ふたり》のレッドリボン群《ぐん》が造花《ぞうか》のようだった。

どちらの蔵書《ぞうしょ》だったのかなと思《おも》いながら、水道水《すいどうすい》をグラスで冷《ひ》やした。

矢部嵩

（やべ・たかし）１９８６年生まれ。２００６年、『紗央里ちゃんの家』で第13回日本ホラー小説大賞長編賞を受賞しデビュー。著書に『保健室登校』『魔女の子供はやってこない』『〔少女庭国〕』など。

ライラックの箱舟《はこぶね》

小林深雪《こばやしみゆき》

「やったあ！」

心《こころ》の中《なか》でそう叫《さけ》んでいた。三月《がつ》の頭《あたま》、突然《とつぜん》、学校《がっこう》が休校《きゅうこう》になった。成績表《せいせきひょう》もないまま、春休《はるやす》みがうんと長《なが》くなるなんて、最高《さいこう》。そう思《おも》っていた。最初《さいしょ》は……。

四月《がつ》、わたしは六年生《ねんせい》になった。でも、始業式《しぎょうしき》は取《と》りやめになり、クラス替《が》えも新《あたら》しい担任《たんにん》の先生《せんせい》も小学校《しょうがっこう》のホームページで知《し》っただけ。パパも会社《かいしゃ》に行《い》かなくなって、リビングが急《きゅう》にパパのオフィスになった。仕事中《しごとちゅう》は、「リラ、静《しず》かにして！」と注意《ちゅうい》されてばかり。そこで、家《いえ》の小《ちい》さい庭《にわ》にキャンプ用《よう》の紺色《こんいろ》のテントを出《だ》してもらった。今《いま》やこのテントは、わたしのお気《き》に入《い》りの秘密基地《ひみつきち》だ。好《す》きなものをなんでも持《も》ちこむ。

五月《がつ》になっても学校《がっこう》は始《はじ》まらなかった。塾《じゅく》も習《なら》いごともテーマパークも水族館《すいぞくかん》もお休《やす》み。静岡《しずおか》のおばあちゃんの家《いえ》にも行《い》けない。急《きゅう》に世界《せかい》が小《ちい》さくなってしまったみたい。

この先《さき》、どうなるの？　来年《らいねん》の中学受験《ちゅうがくじゅけん》は？

不安《ふあん》になった時《とき》は、庭《にわ》に出《で》る。芝生《しばふ》は青々《あおあお》としてビロードみたいだ。木々《きぎ》は風《かぜ》にさわさわとゆれ、木《こ》もれ日《び》が濃《こ》く淡《あわ》くゆらめいて、小《ちい》さい薄紫《うすむらさき》のライラックの花《はな》が咲《さ》き始《はじ》めている。ライラックはフランス語《ご》でリラ。わたしの名前《なまえ》の由来《ゆらい》の花《はな》だ。深呼吸《しんこきゅう》して、甘《あま》い香《かお》りを胸《むね》いっぱいに吸《す》いこんでから、テントに入《はい》って赤《あか》いブランケットにくるまる。今日《きょう》はバスケットにポットに入《い》れた熱《あつ》い紅茶《こうちゃ》とビスケット、くまのぬいぐるみと『赤毛《あかげ》のアン』を入《い》れて持《も》ってきた。

本《ほん》に夢中《むちゅう》になっていると、いつのまにか細《ほそ》い銀《ぎん》の雨《あめ》が降《ふ》り出《だ》した。雨《あめ》と風《かぜ》は、だんだんと強《つよ》くなってきて、テントの入《い》り口《ぐち》をしっかりと閉《と》じる。わたしは、ふと『ノアの箱《はこ》舟《ぶね》』の話《はなし》を思《おも》い出《だ》す。神様《かみさま》がどんなにひどい雨《あめ》や風《かぜ》、ましてやウイルスをまき散《ち》らそうが、ここなら安心《あんしん》。だって、ここは、「ライラックの箱舟《はこぶね》」だから。

アンは、割《わ》れたランプのかけらを「妖精《ようせい》の鏡《かがみ》」、平凡《へいぼん》なくぼ地《ち》を「スミレの谷《たに》」と名《な》づけた。想像《そうぞう》するだけで、今《いま》いる場所《ばしょ》をもっと素敵《すてき》な場所《ばしょ》に変《か》えられる。そう気《き》がついたとき、急《きゅう》に心《こころ》の窓《まど》が開《ひら》いて、世界《せかい》が再《ふたた》び大《おお》きくなったような気《き》がした。本《ほん》のページをめくれば、どこにだって行《い》けるし、心《こころ》はいつだって無限《むげん》に自由《じゆう》なのだ。

少《すこ》しして雨《あめ》が上《あ》がった。テントの外《そと》に出《で》ると湿《しめ》った土《つち》の香《かお》りがした。木々《きぎ》の葉《は》が洗《あら》われ、緑《みどり》がいっそう輝《かがや》いている。そして、空《そら》には鮮《あざ》やかな七色《いろ》の虹《にじ》。雨《あめ》が降《ふ》らなければ虹《にじ》を見《み》ることはできない。だから、きっと、大丈夫《だいじょうぶ》。不安《ふあん》を希望《きぼう》に変《か》えて、前《まえ》を向《む》こう。

小林深雪

(こばやし・みゆき) 埼玉県出身。武蔵野美術大学卒業。ライター、編集者を経て1990年に作家デビュー。講談社青い鳥文庫、YA! ENTERTAINMENTなどで活躍中。著書は200冊以上。児童書のおもな作品に、「泣いちゃいそうだよ」「作家になりたい!」シリーズ、エッセイ集『児童文学キッチン』、童話『ちびしろくまのねがいごと』などがある。漫画原作も多数手がけ、『キッチンのお姫さま』で、第30回講談社漫画賞を受賞。

さいごのしれい

乗代雄介《のりしろゆうすけ》

こんな時《とき》じゃ、遊《あそ》びに行《い》く気《き》にもならない。スマホで動画《どうが》を見《み》ていたら、突然《とつぜん》、知《し》らない番号《ばんごう》から「ゆうじか」とメッセージがきた。

「そうだけど、誰《だれ》？」

だいぶ経《た》ってから「いまはあかせない、きみのかぞくこうせいをおしえたまえ」ときた。

「両親《りょうしん》と弟《おとうと》ひとりです」

またしばらくして「そふぼは」ときた。

「おじいちゃんが一緒《いっしょ》に住《す》んでますね」

「わすれちゃだめじゃないか」

「すみません、うっかりしてました」

「これからきみにいくつかのしれいをだす」

「はあ」というやりとりも小一時間《こいちじかん》かかった。

「しれい、おとうとにかんちようせよ」

これはカンチョーのことか？　いつもやっていることだが、考《かんが》えた末《すえ》に「そんなことできません。ケンカもするけど、大切《たいせつ》なかわいい弟《おとうと》なんです」と送《おく》る。

「かんしんなせいねんだ」

「ありがとうございます」

「つぎのしれい、おかあさんのへそくりからせんえんぬきとれ」

「盗《ぬす》みはしません。まして、あれは母《はは》が自分《じぶん》はぜいたくをせず少《すこ》しずつ貯《た》めたお金《かね》です。尊敬《そんけい》する母《はは》のお金《かね》を盗《ぬす》むなんて！」

「そのことばがききたかつた」

次《つぎ》がなかなかこない。動画《どうが》の続《つづ》きを見始《みはじ》めた頃《ころ》にやっときた。

「しれい、おじいちやんにかんちようせよ」

どうなるんだろう。弟《おとうと》よりいいリアクションがあるか逆《ぎゃく》に全《まった》くないか、実《じつ》に興味深《きょうみぶか》い。ただ、動画《どうが》もいいところなので放《ほう》っておいた。

「やるきなのか」

面倒《めんどう》になってきて「考《かんが》え中《ちゅう》」とだけ送《おく》る。

「しれいをへんこうします」今《いま》までで一番早《いちばんはや》い返事《へんじ》の後《あと》、考《かんが》えこむような間《ま》があった。

「しれい、おじいちゃんにつばをはけ」

動画《どうが》を最後《さいご》まで見《み》て、トイレに立《た》って戻《もど》ってくると、メッセージがたまっていた。

「やるきなのか」「ひまつかんせんとかもあるのに」「どうしてわしのときだけ」「かくなるうえは」

そして、たぶん最後《さいご》の指令《しれい》が出《だ》された。

「しれい、おじいちゃんをころせ」

ぼくは部屋《へや》を出《で》て階段《かいだん》を下《お》りた。立派《りっぱ》だけれど古《ふる》い木造《もくぞう》の家《いえ》は、一歩《いっぽ》ごとにギシギシと不気味《ぶきみ》な音《おと》が響《ひび》く。おじいちゃんの部屋《へや》をノックすると、ドアの向《む》こうから、免許返納《めんきょへんのう》の代《か》わりに持《も》つのを許《ゆる》されたスマホを取《と》り落《お》とす音《おと》と、一心不乱《いっしんふらん》の念仏《ねんぶつ》が聞《き》こえてきた。

乗代雄介
（のりしろ・ゆうすけ）1986年、北海道生まれ。法政大学社会学部メディア社会学科卒業。2015年、「十七八より」で第58回群像新人文学賞を受賞しデビュー。2018年、『本物の読書家』で第40回野間文芸新人賞を受賞。2019年、「最高の任務」で第162回芥川賞候補となる。著書に『十七八より』『本物の読書家』『最高の任務』『ミック・エイヴォリーのアンダーパンツ』『旅する練習』がある。

毛利新介一番鑓《もうりしんすけいちばんやり》

武川佑《たけかわゆう》

雷鳴《らいめい》が轟《とどろ》き、桶狭間田楽坪《おけはざまでんがくつぼ》へ泥《どろ》まじりの雨水《あまみず》が流《なが》れこんでくる。毛利新介《もうりしんすけ》は走《はし》った。三歩先《さんぼさき》を、泥《どろ》をはねあげて服部小平太《はっとりこへいた》がのぼっている。その小平太《こへいた》が振《ふ》りかえって叫《さけ》んだ。

「新介《しんすけ》！　一番鑓《いちばんやり》は譲《ゆず》らぬ！」

兜《かぶと》の庇《ひさし》をあげて、新介《しんすけ》も怒鳴《どな》りかえす。雨粒《あまつぶ》がばらばらと落《お》ちた。

「義元《よしもと》の首《くび》を獲《と》るのはわしじゃ」

丘《おか》の上《うえ》に足利二《あしかがふた》つ引両《ひきりょう》の本陣旗《ほんじんばた》が立《た》って、稲光《いなびかり》に白《しろ》く浮《う》かびあがっている。あのもとに敵《てき》の大将《たいしょう》、今川治部大輔義元《いまがわじぶたいふよしもと》がいる。

陣《じん》を囲《かこ》む木柵《もくさく》に取《と》りつき、新介《しんすけ》と小平太《こへいた》は互《たが》いを踏《ふ》み台《だい》にし、争《あらそ》うように柵《さく》を越《こ》えた。

「織田馬廻《おだうままわ》り、服部小平太一番乗《はっとりこへいたいちばんの》り！」

小平太《こへいた》が叫《さけ》ぶ。新介《しんすけ》も鑓《やり》を掲《かか》げて応《おう》、と声《こえ》をあげた。二人《ふたり》を励《はげ》ますかのように空《そら》に龍《りゅう》のような稲妻《いなずま》が走《はし》り、ちかくに落《お》ちた。体《からだ》が震《ふる》え、新介《しんすけ》はかならず敵大将《てきだいしょう》を討《う》つ、という気持《きも》ちを奮《ふる》い立《た》たせる。

清洲城《きよすじょう》を出陣《しゅつじん》するとき、新介《しんすけ》たちの大将《たいしょう》・織田上総介信長《おだかずさのすけのぶなが》は、わずかに涙《なみだ》ぐんでいたように、新介《しんすけ》には見《み》えた。二万《まん》を超《こ》える兵数《へいすう》の敵《てき》に対《たい》し、こちらはわずか二千。

――勝《か》ち目《め》はない。

負《ま》ければ、我《われ》らの大将《たいしょう》は討《う》たれ、首《くび》は晒《さら》されるであろう。自分《じぶん》たちも牢人《ろうにん》になるしかない。

敵兵《てきへい》が雄叫《おたけ》びをあげて、斬《き》りかかってくる。新介《しんすけ》は鑓《やり》の穂先《ほさき》を繰《く》りだし、敵《てき》の太刀《たち》をいなして口蓋《こうがい》へ突《つ》き入《い》れた。敵《てき》が目《め》を見開《みひら》いて四肢《しし》を震《ふる》わせる。力任《ちからまか》せに敵《てき》を引《ひ》き倒《たお》し、体《からだ》を踏《ふ》みつけて先《さき》へ進《すす》む。

人《ひと》を殺《ころ》すのは怖《こわ》い。夜《よる》になると自分《じぶん》が殺《ころ》した者《もの》たちが首《くび》を絞《し》めてくる夢《ゆめ》を見《み》る。

――だが、わしらの大将《たいしょう》、信長《のぶなが》は。きっと乱世《らんせ》を終《お》わらせてくれる気《き》がするのだ。

敵《てき》の囲《かこ》みを抜《ぬ》けた先《さき》に、輿《こし》が打《う》ち捨《す》ててあり、武者《むしゃ》が一人《ひとり》いる。

逆沢瀉縅《さかおもだかおどし》鎧《よろい》に緋《ひ》の諸籠手《もろごて》、鍬形前立兜《くわがたまえだてかぶと》。

「治部大輔義元《じぶたいふよしもと》！」

小平太《こへいた》が鑓《やり》を振《ふ》りかざし、義元《よしもと》に斬《き》りかかる。義元《よしもと》もひとかどの武将《ぶしょう》と見《み》えて、数合《すうごう》打《う》ちあったのち、小平太《こへいた》を蹴《け》り飛《と》ばした。

「新介《しんすけ》、俺《おれ》に構《かま》うな。義元《よしもと》の首《くび》を獲《と》れ」

小平太《こへいた》の絶叫《ぜっきょう》を聞《き》きながら新介《しんすけ》は猛然《もうぜん》と走《はし》って、鑓《やり》を上段《じょうだん》に振《ふ》りかぶり、義元《よしもと》の肩《かた》を打《う》った。体勢《たいせい》を崩《くず》しながらも義元《よしもと》は太刀《たち》で突《つ》いてきて、間一髪《かんいっぱつ》、頬《ほお》が切《き》れた。

あたりが青白《あおじろ》く輝《かがや》き、座《すわ》りこむ義元《よしもと》がこちらを見《み》あげてくる。死《し》を悟《さと》ってなお、美《うつく》しい目《め》をしていた。この人《ひと》は戦《いく》さで死《し》ぬのが怖《こわ》くないのだ、と新介《しんすけ》は感《かん》じた。

鑓《やり》から太刀《たち》に持《も》ち替《か》えた新介《しんすけ》を見《み》あげ、義元《よしもと》が問《と》う。

「名《な》はなんと申《もう》す」

「織田馬廻《おだうままわ》り、毛利新介《もうりしんすけ》にて候《そうろう》。御首頂戴《おんくびちょうだい》つかまつる」

振《ふ》りあげた太刀《たち》を、力《ちから》をこめて振《ふ》りおろし、首《くび》の骨《ほね》が折《お》れる感触《かんしょく》を掌《てのひら》で感《かん》じた。

武川佑

（たけかわ・ゆう）１９８１年、神奈川県生まれ。立教大学文学研究科博士課程前期課程（ドイツ文学専攻）修了。書店員、専門紙記者を経て、２０１６年、「鬼惑い」で第１回「決戦！小説大賞」奨励賞を受賞。甲斐武田氏を描いた書き下ろし長編『虎の牙』でデビュー。同作は第７回歴史時代作家クラブ賞新人賞を受賞。その他の著作に『落梅の賦』がある。近著に『千里をゆけ』。

物語《ものがたり》は踊《おど》る

矢崎存美《やざきありみ》

陽菜《ひな》は、一年前《ねんまえ》から物語《ものがたり》を書《か》いている。

書《か》き始《はじ》めたきっかけは、自分《じぶん》の人生《じんせい》（といってもまだ十二年《ねん》だけど）が「とても平凡《へいぼん》」だと感《かん》じたからだ。想像《そうぞう》もつかないような、思《おも》いもかけないような、驚《おどろ》くようなことがまったく起《お》こらないので、物語《ものがたり》の中《なか》だけでもそういうことを起《お》こそう、と考《かんが》えた。

けれど最近《さいきん》、想像《そうぞう》もつかなかったことが本当《ほんとう》に起《お》こってしまった。新《あたら》しい感染症《かんせんしょう》のために、学校《がっこう》へほとんど行《い》けなくなってしまったのだ。その上《うえ》、夏休《なつやす》みもなくなってしまった。

実際《じっさい》にそういうことが起《お》こったらきっとワクワクするに違《ちが》いない、と空想《くうそう》していたのに、全然《ぜんぜん》そんなことはなく、むしろ怖《こわ》くて悲《かな》しかった。お父《とう》さんとお母《かあ》さんはお店《みせ》やさんをしていて普段《ふだん》はあまり家《いえ》にいなかったのに、今《いま》は営業《えいぎょう》を〝自粛《じしゅく》〟しているから、長《なが》い時間一緒《じかんいっしょ》にいられる。それはうれしいけれど、二人《ふたり》ともなんだか悲《かな》しそうだ。陽菜《ひな》も落《お》ち込《こ》んでしまう。

どんな物語《ものがたり》を書《か》いたってこんな現実《げんじつ》にはかなわないなと思《おも》うのだけど、それでも陽菜《ひな》は、なんとなく紙《かみ》に文字《もじ》をらくがきしていた。適当《てきとう》に思《おも》いついた言葉《ことば》や変《へん》な漢字《かんじ》、おかしな四字熟語《よじじゅくご》、自分《じぶん》で考《かんが》えた外国語《がいこくご》——そんなことを並《なら》べていたら、なんだか楽《たの》しくなってきた。自分《じぶん》が面白《おもしろ》いと思《おも》うことだけが浮《う》かんでくる。

最初《さいしょ》はただ書《か》きたいことを書《か》いていただけなのに、次第《しだい》に知《し》らない女《おんな》の子《こ》が頭《あたま》の中《なか》でしゃべりだした。うるさいほどおしゃべりなその子《こ》との会話《かいわ》を夢中《むちゅう》で書《か》いていたら、「あれ、これ誰《だれ》かに似《に》てる」と思《おも》い始《はじ》める。誰《だれ》だろう、と考《かんが》えながら書《か》き続《つづ》けていたら——突《とっ》然《ぜん》わかった。

これ、お母《かあ》さんだ。しゃべり方《かた》とか口《くち》ぐせとか、怒《おこ》り方《かた》とか変顔《へんがお》の仕方《しかた》とか、お母《かあ》さんそのものだ！

だから陽菜《ひな》は、その子《こ》が絶対《ぜったい》に楽《たの》しいと感《かん》じることばかりをやらせてあげた。というか、女《おんな》の子《こ》は勝手《かって》に動《うご》く。書《か》く手《て》が追《お》いつかないくらい、飛《と》んだり跳《は》ねたり、踊《おど》ったり歌《うた》ったり。本当《ほんとう》に生《い》きてるみたいだった。

書《か》き終《お》わった時《とき》、陽菜《ひな》は今《いま》までとは全然違《ぜんぜんちが》うものを書《か》いてしまったと感《かん》じたが、同時《どうじ》に「誰《だれ》かに読《よ》んでもらいたい」という気持《きも》ちも心《こころ》の底《そこ》から湧《わ》き上《あ》がってきた。しかも猛烈《もうれつ》に。

そこで、居間《いま》で暗《くら》い顔《かお》をしていたお母《かあ》さんに見《み》せてあげた。そしたら、涙《なみだ》を流《なが》して笑《わら》ってくれる。大人《おとな》もこんなふうに笑《わら》い転《ころ》げることってあるんだ！

「陽菜《ひな》が物語《ものがたり》書《か》いてるなんて知《し》らなかった。すごく面白《おもしろ》いよ。陽菜《ひな》は才能《さいのう》あるね」

止《と》まらない涙《なみだ》を拭《ふ》きながら、お母《かあ》さんは言《い》った。その言葉《ことば》は、陽菜《ひな》にとって今《いま》まで書《か》いてきた物語《ものがたり》より、そして今《いま》の状況《じょうきょう》より、ずっとずっと思《おも》いがけないことだった。「面白《おもしろ》い」ってたったひとことなのに、そう言《い》ってもらえるだけで、びっくりするほどうれしい！　こんなにワクワクするのっていけないのかもしれないけれど、初《はじ》めてだ！

「じゃあ、お父《とう》さんのお話《はなし》も書《か》くよ！」

「うん、書《か》いてあげて。きっと喜《よろこ》ぶよ」

お父《とう》さんも面白《おもしろ》いって言《い》ってくれるかな？　お母《かあ》さんみたいに、笑《わら》ってくれるかな。

矢崎存美

（やざき・ありみ）埼玉県出身。1985年、星新一ショートショートコンテスト優秀賞を矢崎麗夜名義で受賞。1989年に作家デビュー。代表作は「ぶたぶた」シリーズ。

さんそ

神津凛子《かみづりんこ》

どこへ行《い》ってもマスク。だれも彼《かれ》もマスク。マスコットだってマスク。見渡《みわた》す限《かぎ》りマスク。

わたしが「普通《ふつう》」になれる世界《せかい》。

みんな、苦《くる》しくて外《はず》したいって言《い》う。わたしとは正反対《せいはんたい》。マスクを外《はず》したら、わたしは苦《くる》しくてならない。それはまるで、わたしにとっての酸素《さんそ》マスク。

そう、世界《せかい》は息苦《いきぐる》しいのだ。

「口《くち》のとこ、キモいんだけど」

無理《むり》に笑《わら》ったのがいけなかった。だれからも好《す》かれたくて、いつも唇《くちびる》の端《はし》を上《あ》げていた。作《つく》り笑顔《えがお》はやっぱり無理《むり》があって、唇《くちびる》の横《よこ》がけいれんするようになった。隠《かく》すためにマスクをつけた。無理矢理笑《むりやりわら》う必要《ひつよう》がなくなって自由《じゆう》に息《いき》ができるようになった。でも、いつでもマスク姿《すがた》のわたしは不気味《ぶきみ》がられて、学校《がっこう》での居場所《いばしょ》を失《うしな》った。

春先《はるさき》と冬以外《ふゆいがい》のマスクは不審者《ふしんしゃ》みたいな目《め》で見《み》られたのに、今《いま》では逆《ぎゃく》になっている。この先《さき》、ずっとマスクをつけるのが普通《ふつう》になるかもしれない。そうしたら、わたしはどこへでも行《い》けて、なんでもできるようになるかもしれない。今《いま》は決《き》まった場所《ばしょ》にしか行《い》かれないけど。

え。なんで。

このお店《みせ》は学校《がっこう》から離《はな》れてるし、今《いま》まで知《し》ってる人《ひと》に会《あ》うことなんてなかったのに。やだ、こっちに来《く》る。

「来《こ》いよ、学校《がっこう》」

え？　なに？　わたしに話《はな》しかけてる？

「待《ま》ってるから」

マスクのせいで、彼《かれ》がどんな顔《かお》でそのセリフを言《い》ったのかよくわからない。ああ、そうか。マスクをつけて話《はな》されると、こんな感《かん》じなんだ。そうか、そうだったんだ。

足早《あしばや》に店《みせ》を出《で》る。ガラス越《ご》しに彼《かれ》と目《め》が合《あ》う。

わたしはわたしの酸素《さんそ》マスクを外《はず》す。

「あ・り・が・と・う」

マスクをしていても、彼《かれ》が笑《わら》ったのがわかった。

世界《せかい》は思《おも》ったほど息苦《いきぐる》しくない。

神津凛子

（かみづ・りんこ）1979年、長野県生まれ。長野県在住。歯科衛生専門学校卒業。『スイート・マイホーム』で第13回小説現代長編新人賞を受賞し、2019年、デビュー。最新作は『ママ』。

往復書簡《おうふくしょかん》

大沼紀子《おおぬまのりこ》

毎月四日《まいつきよっか》、私《わたし》は決《き》まって空《そら》を見《み》あげる。楢崎美羽《ならさきみう》からの返事《へんじ》を確認《かくにん》するためだ。

楢崎美羽《ならさきみう》は小学校時代《しょうがっこうじだい》の友達《ともだち》だ。特別仲良《とくべつなかよ》くはなかったけれど、一年生《ねんせい》から三年生《ねんせい》の途中《とちゅう》まで同《おな》じクラスだった。

でも、三年生《ねんせい》の秋《あき》、彼女《かのじょ》は亡《な》くなってしまった。担任《たんにん》の話《はなし》によれば、長《なが》らく重《おも》い病気《びょうき》を患《わずら》っていたらしい。それから私《わたし》たちクラスメイトは、担任《たんにん》の提案《ていあん》のもと、毎月四日《まいつきよっか》の月命日《つきめいにち》、楢崎美羽《ならさきみう》に手紙《てがみ》を書《か》くようになった。

元気《げんき》ですか？　そちらは楽《たの》しいですか？　こちらではキックボードが流行《はや》っています。天国《てんごく》ではどうですか？　なんてこと。

五年生《ねんせい》になって、クラス替《が》えがあった後《あと》には、手紙《てがみ》を書《か》く機会《きかい》もなくなってしまったけれど、私《わたし》は心《こころ》のなかで、楢崎美羽《ならさきみう》に声《こえ》をかけ続《つづ》けた。

こんにちは、楢崎《ならさき》さん。そちらの暮《く》らしはどうですか？　友達《ともだち》は出来《でき》ましたか？

その頃《ころ》、仲《なか》の良《よ》かったグループから外《はず》されて、ひとりぼっちになってしまったから、そんなことをしていたのかもしれない。天国《てんごく》にも、嫌《いや》な人《ひと》はいますか？　悲《かな》しいことはありますか？　いじめもあるのかな？　きっとないよね。だって、天国《てんごく》なんだもの。

それである時《とき》、訊《き》いてみた。ねえ、楢崎《ならさき》さん。私《わたし》……。私《わたし》も、そっちに行《い》っていいかな？　楢崎《ならさき》さんは、どう思《おも》う？

ひとりでいるのがつらくて、陰《かげ》で笑《わら》われたり、教科書《きょうかしょ》や上履《うわば》きを隠《かく》されたりするのももう嫌《いや》で、天国《てんごく》に行《い》けば楽《らく》になるような気《き》がして、訊《き》いてしまった。楢崎《ならさき》さんの、意見《いけん》が聞《き》きたいの。イエスなら、今月四日《こんげつよっか》を晴《は》れにして、ノーなら雨《あめ》で、どうか返事《へんじ》をしてください。

結果《けっか》、四日《よっか》はどしゃ降《ぶ》りで、私《わたし》は向《む》こうに行《い》くのを諦《あきら》めた。諦《あきら》めて生《い》き続《つづ》けて、もうじき二十八歳《さい》になる。新卒《しんそつ》で入《はい》った会社《かいしゃ》に勤《つと》め続《つづ》けていて、家《いえ》と会社《かいしゃ》を往復《おうふく》する慌《あわ》ただしい毎日《まいにち》だ。気持《きも》ちもいまだ慌《あわ》ただしくて、幸《しあわ》せと不幸《ふしあわ》せを、往復《おうふく》しているみたいな暮《く》らしぶり。

あの雨《あめ》は、楢崎美羽《ならさきみう》が降《ふ》らせたものだったのだろうか。それともただの偶然《ぐうぜん》だった？

わからないけれど、私《わたし》は今《いま》でもよく楢崎美羽《ならさきみう》に問《と》いかけている。

楢崎《ならさき》さん、元気《げんき》ですか？　そちらの様子《ようす》はどう？　こちらでは大変《たいへん》なことが起《お》こっています。新型《しんがた》のウィルスが発生《はっせい》したの。暮《く》らしも色々変《いろいろか》わっちゃった。この先《さき》、世界《せかい》はどうなるんだろう？　元《もと》の生活《せいかつ》には戻《もど》れるのかな？　それとも、苦《くる》しくて厳《きび》しい未来《みらい》が待《ま》ってたりする？

不安《ふあん》になると、余計《よけい》に訊《き》いてしまう。だとしたら、そんな未来《みらい》、見《み》ないほうが幸《しあわ》せかな？　楢崎《ならさき》さんなら、どうですか？　つらい未来《みらい》なら、見《み》ないほうがよかった？　それとも、それとも。

それとも、そんな未来《みらい》でも、やっぱりちゃんと見《み》たかった？

明日《あした》は四日《よっか》。楢崎《ならさき》さんの月命日《つきめいにち》。彼女《かのじょ》の答《こた》えが知《し》りたくて、私《わたし》はきっと空《そら》を見《み》あげる。

大沼紀子

（おおぬま・のりこ）1975年、岐阜県生まれ。2005年に「ゆくとし　くるとし」で第9回坊っちゃん文学賞大賞を受賞しデビュー。ドラマ化もされた「真夜中のパン屋さん」シリーズで注目を集める。

玉《たま》ねぎちゃん

一穂《いちほ》ミチ

わたしを取《と》り巻《ま》くものたちは大《おお》きくふたつに分《わ》けられる。「不要不急《ふようふきゅう》」と「それ以外《いがい》」だ。バレエのレッスンもスイミングスクールも「不要不急《ふようふきゅう》」、葵《あおい》ちゃんちでマフィンを焼《や》くのも、陽菜《ひな》ちゃんとアイスを食《た》べに行《い》くのも。学校《がっこう》に行《い》くのは「不要不急《ふようふきゅう》」だけど勉《べん》強《きょう》は「それ以外《いがい》」だからプリントは山《やま》ほど……おかしくない？

嬉《うれ》しかったのは、パパと会《あ》わなくてよくなったこと。月《つき》一回《かい》、東京《とうきょう》から新幹線《しんかんせん》に乗《の》ってやってくるパパと遊《あそ》ぶのが、最近《さいきん》は面倒《めんどう》くさくなっていた。「学校《がっこう》は楽《たの》しいか」とか「背《せ》が伸《の》びたな」とかいつも同《おな》じ話《はなし》をするし、わたしがネイルやグロスを塗《ぬ》ったりしていると困《こま》ったような変《へん》な顔《かお》をするし、「動物園《どうぶつえん》は臭《くさ》いから行《い》きたくない」と言《い》うと悲《かな》しい顔《かお》をした。六年生《ねんせい》にもなって動物園《どうぶつえん》とか、センスなさすぎ。でも「どうしてもパパと会《あ》わなきゃだめ？」と訊《き》くと、ママは超怒《ちょうおこ》る（だったら離婚《りこん》なんかしなきゃいいのに！）。

そんなわけで、お花見《はなみ》の時季《じき》もGW《ゴールデンウィーク》もパパと会《あ》わずに、友達《ともだち》や先生《せんせい》にも会《あ》わずに、自宅勤務《じたくきんむ》のママと引《ひ》きこもっていた。そして手足《てあし》の爪《つめ》を三色《しょく》で塗《ぬ》り分《わ》けたり、ママのオンライン会議中《かいぎちゅう》にメイク道具《どうぐ》をこっそりいじったり、結局《けっきょく》は「不要不急《ふようふきゅう》」の遊《あそ》びで長《なが》い暇《ひま》をつぶした。全然似合《ぜんぜんにあ》わない真《ま》っ赤《か》なマットリップを塗《ぬ》った唇《くちびる》は、わたしじゃない生《い》き物《もの》みたいだった。鏡《かがみ》の前《まえ》で「ふようふきゅう」とつぶやくと、赤《あか》い口《くち》ももぞもぞ動《うご》いた。

バレリーナにも水泳選手《すいえいせんしゅ》にもなれないけど、バレエやスイミングが好《す》きだった。でも、そんなわたしの気持《きも》ちとは関係《かんけい》なく「不要不急《ふようふきゅう》」のハンコを押《お》されてしまって、元《もと》どおり習《なお》い事《ごと》に通《かよ》えるようになってもきっとそのハンコは消《き》えない。鏡《かがみ》の中《なか》の自分《じぶん》は、とてもつまらない女《おんな》の子《こ》に見《み》えた。

「不要不急《ふようふきゅう》」と「どうでもいい」ってどう違《ちが》うの?

ある晩《ばん》、夢《ゆめ》を見《み》た。自分《じぶん》が玉《たま》ねぎになってどんどん剝《む》かれていく。これは不要不急《ふようふきゅう》、これも不要不急《ふようふきゅう》……次々《つぎつぎ》に剝《は》ぎ取《と》られて小《ちい》さくなるので「やめて」と叫《さけ》んだ。全部《ぜんぶ》なくなっちゃうじゃん。目《め》が覚《さ》めるとじっとり汗《あせ》ばんでいた。

翌日《よくじつ》はパパとSkype《スカイプ》でしゃべる日《ひ》だった。

『夏休《なつやす》みも会《あ》いに行《い》けそうにないなあ』

パパがそう言《い》った瞬間《しゅんかん》、わたしはなぜか泣《な》き出《だ》してしまった。

「パパに会《あ》いたい」

するとパパはまた困《こま》ったような顔《かお》になって「もう少《すこ》しの我慢《がまん》な」と優《やさ》しく言《い》った。

『だから、あんまり急《いそ》いで大人《おとな》にならないでくれよ』

「不要不急《ふようふきゅう》ってこと?」

『未来《みらい》を、ゆっくり見《み》せてほしいってことだよ』

「何《なに》それ全然《ぜんぜん》分《わ》かんないんだけど」

『あはは』

パパの笑顔《えがお》が近《ちか》くて遠《とお》いから、わたしの涙《なみだ》はますます止《と》まらない。でも、悲《かな》しくはなかった。

一穂ミチ

（いちほ・みち）2008年『雪よ林檎の香のごとく』でデビュー。ボーイズラブ小説を中心に活躍している。著書に『雪よ林檎の香のごとく　林檎甘いか酸っぱいか』『イエスかノーか半分か』「新聞社」シリーズほか多数。2021年4月に『スモールワールズ』が刊行予定。

訪問者《ほうもんしゃ》

犬塚理人《いぬづかりひと》

終業《しゅうぎょう》のベルが鳴《な》ると、拓《たく》はまっさきに教室《きょうしつ》を飛《と》び出《だ》した。友《とも》だちがいない拓《たく》にとって、学校《がっこう》は長《なが》くいたい場所《ばしょ》ではない。それに早《はや》く家《いえ》に帰《かえ》って、郵便受《ゆうびんう》けをのぞきたかった。

学校《がっこう》が再開《さいかい》される二週間前《しゅうかんまえ》、拓《たく》はパパに連《つ》れられて海《うみ》を見《み》に行《い》った。そして小《ちい》さなガラスびんに手紙《てがみ》を入《い》れて、海《うみ》に流《なが》した。手紙《てがみ》には、「友《とも》だちになってください」というメッセージと、自分《じぶん》の名前《なまえ》と家《いえ》の住所《じゅうしょ》を書《か》いた。その日《ひ》から毎日《まいにち》、ガラスびんをひろって手紙《てがみ》を読《よ》んだ誰《だれ》かが連絡《れんらく》してくるのを心待《こころま》ちにして、郵便受《ゆうびんう》けをのぞくようになった。

拓《たく》がマンションに帰《かえ》りつくと、入《い》り口《ぐち》の集合《しゅうごう》ポストを、ひとりの女《おんな》の子《こ》がのぞきこんでいた。拓《たく》に気《き》づいて振《ふ》りかえったその女《おんな》の子《こ》は、拓《たく》より年下《としした》のように見《み》えた。拓《たく》は女《おんな》の子《こ》のわきから自分《じぶん》の家《いえ》の郵便受《ゆうびんう》けをのぞいて、手紙《てがみ》が入《はい》っていないのを確《たし》かめた。

今日《きょう》も手紙《てがみ》は来《こ》なかった――。肩《かた》を落《お》として、拓《たく》はエレベーターに乗《の》りこんだ。女《おんな》の子《こ》もあとから乗《の》ってくる。女《おんな》の子《こ》は手《て》を伸《の》ばして、五階《かい》のボタンを押《お》した。拓《たく》と同《おな》じ階《かい》だ。だけど不思議《ふしぎ》だ。こんな女《おんな》の子《こ》は今《いま》まで見《み》かけたことがない。

五階《かい》で降《お》りた女《おんな》の子《こ》のあとを、拓《たく》はついていった。おどろいたことに、女《おんな》の子《こ》が立《た》ち止《と》まったのは拓《たく》の部屋《へや》の前《まえ》だった。心臓《しんぞう》がとくんとはねる。この女《おんな》の子《こ》はもしかして――。

「ねえ、もしかして、手紙《てがみ》を読《よ》んで訪《たず》ねてきたの……？」

おそるおそる声《こえ》をかけると、女《おんな》の子《こ》はびっくりしたように、目《め》を見《み》ひらいた。次《つぎ》のしゅんかん、女《おんな》の子《こ》はエレベーターのほうへと走《はし》りだした。拓《たく》があっけに取《と》られていると、ランドセルの中《なか》でスマホが鳴《な》った。あわてて取《と》り出《だ》す。ママからだった。ママは今《いま》、パパとは別《べつ》の男《おとこ》の人《ひと》といっしょに住《す》んでいる。電話《でんわ》をかけてくるのは久《ひさ》しぶりだ。

〈拓《たく》？　突然《とつぜん》ごめん。そっちに麻衣《まい》が行《い》ってないかな？〉

麻衣《まい》というのが、ママと住《す》んでいる男《おとこ》の人《ひと》の娘《むすめ》だというのは聞《き》いたことがあった。だけど実際《じっさい》に会《あ》ったことはない。〈麻衣《まい》、ちょっとけんかして家《いえ》を飛《と》び出《だ》しちゃってね。それで、もしかしてそっちに行《い》ったのかもしれないと思《おも》って電話《でんわ》したんだけど……〉

拓《たく》はエレベーターの前《まえ》に立《た》ちつくしている麻衣《まい》に目《め》を向《む》けた。ママと、麻衣《まい》のパパが仲《なか》が良《い》いのなら、きっと僕《ぼく》らだって友《とも》だちになれるはずだ。拓《たく》はにっこりと笑《わら》いかけた。

犬塚理人

(いぬづか・りひと) 1974年、大阪府生まれ。早稲田大学卒業。第38回横溝正史ミステリ大賞において、『人間狩り』で優秀賞を受賞しデビュー。現在は不動産業に従事している。最新作は、『眠りの神』。

きみにスイート

宮下恵茉《みやしたえま》

学校帰《がっこうがえ》り、わたしは信号《しんごう》が変《か》わるのを待《ま》ちながら、すぐそばの公園《こうえん》を見《み》た。

わたしにはちがう中学《ちゅうがく》に通《かよ》う彼《かれ》がいる。名前《なまえ》は、矢澤大輔《やざわだいすけ》くん。金髪《きんぱつ》で目《め》つきも悪《わる》いから、みんなは大輔《だいすけ》くんを『ヤンキー』だと思《おも》っているみたい。だけど本当《ほんとう》は、お菓子作《かしづく》りが得意《とくい》なやさしい男《おとこ》の子《こ》だ。毎日学校帰《まいにちがっこうがえ》りに、大輔《だいすけ》くんが作《つく》ったおいしいお菓子《かし》を公園《こうえん》で一緒《いっしょ》に食《た》べるのがわたしたちの日課《にっか》だった。……なのに。

一年生《ねんせい》の終《お》わりに感染症《かんせんしょう》が流行《りゅうこう》しはじめ、とつぜん学校《がっこう》が休校《きゅうこう》になった。それからずっと大輔《だいすけ》くんと会《あ》えていない。全国《ぜんこく》に緊急事態宣言《きんきゅうじたいせんげん》が出《だ》され、わたしたちは知《し》らない間《あいだ》に進級《しんきゅう》して二年生《ねんせい》になってしまった。

もちろん、会《あ》えない間《あいだ》、SNS《エスエヌエス》でやりとりはしていた。大輔《だいすけ》くんは毎日《まいにち》のように手作《てづく》りのお菓子《かし》の画像《がぞう》を送《おく》ってくれる。おひなさまみたいないちご大福《だいふく》、桜《さくら》あんのマフィン、こいのぼりケーキ……。どれもとってもおいしそうだけど、わたしは画面《がめん》の中《なか》のお菓子《かし》より本物《ほんもの》の大輔《だいすけ》くんと会《あ》いたくてしょうがなかった。

六月《ろくがつ》になり、ようやく緊急事態宣言《きんきゅうじたいせんげん》が解除《かいじょ》され、学校《がっこう》が再開《さいかい》した。

（やっと大輔《だいすけ》くんに会《あ》える！）そう思《おも》ったのに、わたしに感染《かんせん》させたらいけないから今《いま》は会《あ》えないって言《い》われてしまった。

（じゃあ、いつになったら会《あ》えるの？　大輔《だいすけ》くんはさみしくないのかな……）

その時《とき》、ポケットの中《なか》でスマホがブルッと震《ふる》えた。大輔《だいすけ》くんだ。

（今日《きょう》のお菓子《かし》の画像《がぞう》かな）

取《と》り出《だ》して画面《がめん》を見《み》る。

『今《いま》、学校《がっこう》の帰《かえ》り？』

『うん、公園《こうえん》の前《まえ》』

返信《へんしん》したら、既読《きどく》がついてそれきり返事《へんじ》はなかった。

（どうしたんだろう？）

信号《しんごう》が変《か》わったので、スマホをポケットに戻《もど》して歩《ある》き出《だ》す。

しばらく歩《ある》いていたら、うしろからチリリンと自転車《じてんしゃ》のベルの音《おと》がした。振《ふ》り返《かえ》ると、マスクにフェイスガード、両手《りょうて》にしっかりゴム手袋《てぶくろ》をはめた大輔《だいすけ》くんが自転車《じてんしゃ》にまたがり、ぜいぜいと息《いき》を弾《はず》ませていた。

「大輔《だいすけ》くん！」

「こ、これ」

大輔《だいすけ》くんがおもいきり手《て》を伸《の》ばして、わたしに『消毒済《しょうどくず》み』と書《か》かれた紙袋《かみぶくろ》を差《さ》し出《だ》した。中《なか》をみると、おいしそうな白桃《はくとう》のタルトが入《はい》っている。

「櫻子《さくらこ》、フルーツの中《なか》で白桃《はくとう》が一番好《いちばんす》きって言《い》ってたろ。だから、どうしても食《た》べてほしくて」

（わたしの好《す》きなフルーツ、覚《おぼ》えててくれたんだ……！）

「ありがとう、とってもうれしい！」

わたしの言葉《ことば》に、大輔《だいすけ》くんが目《め》を細《ほそ》める。マスクにかくれて見《み》えないけど、わたしには大輔《だいすけ》くんのとろけそうな笑顔《えがお》がはっきりと見《み》えた気《き》がした。

宮下恵茉

（みやした・えま）大阪府生まれ。『ジジ　きみと歩いた』で、小川未明文学賞大賞、児童文芸新人賞を受賞。おもな作品に「龍神王子《ドラゴン・プリンス》！」シリーズ、「学園ファイブスターズ」シリーズ、「きみはスイート」（『ゲキ恋！』収録）、「キミと、いつか。」シリーズ、「たまごの魔法屋トワ」シリーズ、『あの日、ブルームーンに。』『なないろレインボウ』『スマイル・ムーンの夜に』『精霊人、はじめました！』などがある。

石灯籠《いしとうろう》はなぜ赤《あか》い

大山誠一郎《おおやませいいちろう》

広《ひろ》い庭《にわ》だった。築山《つきやま》や池《いけ》が設《もう》けられ、石灯籠《いしとうろう》がいくつも置《お》かれている。それはいつもなら風流《ふうりゅう》な光景《こうけい》だっただろうが、今《いま》は違《ちが》った。石灯籠《いしとうろう》のひとつに赤《あか》いペンキがぶちまけられ、表面《ひょうめん》を覆《おお》っているのだ。

屋敷《やしき》の当主《とうしゅ》が懐中時計《かいちゅうどけい》を見《み》ながら声《こえ》を震《ふる》わせた。

「今朝《けさ》起《お》きたらこんなことになっていた。犯人《はんにん》はなぜこんなことをしたのか、突《つ》き止《と》めてもらいたいのだ」

名探偵《めいたんてい》は真《ま》っ赤《か》な石灯籠《いしとうろう》をじっと見《み》つめたが、すぐに自信《じしん》に満《み》ちた口調《くちょう》で言《い》った。

「いくつかの可能性《かのうせい》が考《かんが》えられます」

「ほう？」当主《とうしゅ》は興味深《きょうみぶか》げな顔《かお》をした。

「第一《だいいち》の可能性《かのうせい》。犯人《はんにん》は、石灯籠《いしとうろう》に飛《と》んだ血《ち》を消《け》したかったのです」

「血《ち》？」

「この石灯籠《いしとうろう》のそばで誰《だれ》かが刺殺《しさつ》され、そのときに飛《と》び散《ち》った血《ち》が石灯籠《いしとうろう》に付着《ふちゃく》した。犯行《はんこう》を隠蔽《いんぺい》したかった犯人《はんにん》は、血《ち》を隠《かく》すため赤《あか》いペンキをかけたのです」

「ペンキがかけられたのは昨夜《さくや》だ。暗闇《くらやみ》では石灯籠《いしとうろう》に付着《ふちゃく》した血《ち》が見《み》えないのではないかな。それに、血《ち》が付着《ふちゃく》したのは突発的《とっぱつてき》な出来事《できごと》だろう？　夜中《よなか》にペンキを調達《ちょうたつ》できたとは思《おも》えない」

「では、第二《だい》の可能性《かのうせい》。この石灯籠《いしとうろう》は張《は》りぼてだった。石《いし》ではなく軽《かる》いプラスチックであることを隠《かく》すためにペンキをかけたのです」

「張《は》りぼて？　犯人《はんにん》がすり替《か》えたというのかね。この石灯籠《いしとうろう》は六百キログラムもある。すり替《か》えようとしたら何人《なんにん》もの人間《にんげん》が必要《ひつよう》だし、夜中《よなか》にそんな作業《さぎょう》が行《おこな》われたら音《おと》で必《かなら》ず気《き》づかれていただろう」

「すり替《か》えるような面倒《めんどう》なことをする必要《ひつよう》はありません。もともとこの位置《いち》には石灯籠《いしとうろう》はなかった。犯人《はんにん》はこの位置《いち》に張《は》りぼてを置《お》いてペンキをかけたのです」

「それまで石灯籠《いしとうろう》がなかった位置《いち》に張《は》りぼてを置《お》いたら、当主《とうしゅ》の私《わたし》にすぐに気《き》づかれるはずだが」

「はい。したがって、今朝《けさ》起《お》きたら石灯籠《いしとうろう》に赤《あか》いペンキがかけられていたというあなたの言葉《ことば》は嘘《うそ》であることになります」

「嘘《うそ》？」

「私《わたし》が見破《みやぶ》れるかどうか試《ため》していたのでしょう」

当主《とうしゅ》は懐中時計《かいちゅうどけい》を見《み》てにこりとした。

「合格《ごうかく》だ。あなたを採用《さいよう》しよう」

「――採用《さいよう》？　何《なん》のことです」名探偵《めいたんてい》は面食《めんく》らった顔《かお》になった。

「張《は》りぼてであると一分以内《ぷんいない》に見破《みやぶ》れた者《もの》に事件《じけん》の調査《ちょうさ》を依頼《いらい》しようと考《かんが》えていた。五人《にん》の探偵《たんてい》を呼《よ》んだが、一分以内《ぷんいない》に見破《みやぶ》れたのはあなただけだ」

「それは光栄《こうえい》です。しかし、試験《しけん》をするにしても、なぜ、石灯籠《いしとうろう》に赤《あか》いペンキがかけられたという状況《じょうきょう》にしたのです？」

当主《とうしゅ》の顔《かお》に照《て》れたような笑《え》みが浮《う》かんだ。

「若《わか》い頃《ころ》、そういう設定《せってい》で推理小説《すいりしょうせつ》を書《か》こうとしたことがあってね。『石灯籠《いしとうろう》はなぜ赤《あか》い』なんてムードがあるだろう？　さて、あなたに本当《ほんとう》に依頼《いらい》したい事件《じけん》だが……」

大山誠一郎

（おおやま・せいいちろう）1971年、埼玉県生まれ。京都大学推理小説研究会出身。2004年に『アルファベット・パズラーズ』でデビュー。2013年に『密室蒐集家』で第13回本格ミステリ大賞（小説部門）を受賞。『アリバイ崩し承ります』は「2019本格ミステリ・ベスト10」で第1位に輝き、連続ドラマ化も果たす。他の著書に、『仮面幻双曲』『赤い博物館』『ワトソン力』がある。

祖母《そぼ》の衣桁《いこう》

阿部《あべ》智里《ちさと》

「お母《かあ》さん、これ何《なに》？」

振《ふ》り向《む》いて、娘《むすめ》が引《ひ》っ張《ぱ》り出《だ》して来《き》た物《もの》に目《め》を見開《みひら》く。

「懐《なつ》かしい！　それ、衣桁《いこう》だよ」

鳥居《とりい》のような形《かたち》の木材《もくざい》は漆塗《うるしぬ》りで、扇型《おうぎがた》のクリップがついた房飾《ふさかざ》りがついている。

「呉服屋《ごふくや》さんとかで見《み》たことない？」

ピンと来《き》ていない娘《むすめ》の顔《かお》を見《み》て、最近《さいきん》の子《こ》は呉服屋《ごふくや》さんなんてそうそう目《め》にしないのだと思《おも》い至《いた》る。

「ちょっと待《ま》って」

実演《じつえん》してみせたほうが早《はや》いと、箪笥《たんす》へ手《て》を伸《の》ばした。

先月《せんげつ》、母《はは》が死《し》んだ。

私《わたし》が幼《おさな》い頃《ころ》に父《ちち》が亡《な》くなって以来《いらい》、女手一《おんなでひと》つで私《わたし》を育《そだ》ててくれた苦労人《くろうにん》だった。生活《せいかつ》を支《ささ》えていたのは和裁《わさい》の腕《うで》で、特《とく》に「柄合《がらあ》わせ」の腕《うで》がピカ一だったそうだ。コツがあるのか訊《き》かれると、決《き》まって「うまく出来《でき》ると、着物《きもの》が喜《よろこ》ぶから」と答《こた》えていた。

母《はは》はよく、手《て》がけた着物《きもの》をこの衣桁《いこう》に掛《か》けて、その出来《でき》を確《たし》かめていた。作業台《さぎょうだい》と針坊主《はりぼうず》、縦長《たてなが》の鏡台《きょうだい》に囲《かこ》まれた晴《は》れ着《ぎ》が、掃《は》き出《だ》し窓《まど》からの光《ひかり》でぼんやりと浮《う》かび上《あ》がる光景《こうけい》をよく覚《おぼ》えている。

この古《ふる》いアパートは、近《ちか》く取《と》り壊《こわ》される。今日《きょう》は掃除《そうじ》のために戻《もど》って来《き》たのだが、もうすぐ中学生《ちゅうがくせい》となる娘《むすめ》も手伝《てつだ》うと言《い》ってついて来《き》たのだ。

まともな着物《きもの》はすでに運《はこ》び出《だ》している。残《のこ》っているのはシミが出《で》ているものばかりだったはずだが、ふと箪笥《たんす》の底《そこ》に、たとう紙《がみ》が残《のこ》っていることに気《き》が付《つ》いた。

取《と》り出《だ》して開《ひら》いてみると、きつい樟脳《しょうのう》の香《かお》りと共《とも》に、思《おも》いのほか鮮《あざ》やかな色《いろ》が現《あらわ》れた。上品《じょうひん》な絹《きぬ》の光沢《こうたく》を持《も》った桃色《ももいろ》の地《じ》に、大小《だいしょう》さまざまな蝶々《ちょうちょう》が四方八方《しほうはっぽう》に飛《と》び交《か》っている。

「わ、綺麗《きれい》！」

後《うし》ろから覗《のぞ》き込《こ》んだ娘《むすめ》が感嘆《かんたん》の声《こえ》を上《あ》げた。

「――これ、七五三《しちごさん》の時《とき》の着物《きもの》だよ」

「お母《かあ》さんの？」

「そう」

母《はは》が吟味《ぎんみ》して、手《て》ずから縫《ぬ》ってくれた宝《たから》もの。

随分長《ずいぶんなが》いこと、忘《わす》れていた。

「じゃあおばあちゃん、ずっと大切《たいせつ》に取《と》っておいたんだね」

娘《むすめ》の言葉《ことば》に、何《なん》だか鼻《はな》の奥《おく》がつんと来《き》て、それを誤魔化《ごまか》すように衣桁《いこう》へ小《ちい》さな着物《きもの》を掛《か》ける。

こうやって使《つか》うんだよと言《い》いかけた、その時《とき》だ。


突然《とつぜん》、突風《とっぷう》が吹《ふ》いた。


窓《まど》からではない。ぶわっと、温《あたた》かく、でも爽《さわ》やかで、甘《あま》い花《はな》の香《かお》りがする春《はる》の風《かぜ》が、着、物の中から吹《ふ》き出《だ》して来《き》たのだ。

その風《かぜ》に乗《の》るように、しゃらしゃらしゃら、と鈴《すず》のような軽《かろ》やかな羽音《はおと》を立《た》て、蝶《ちょう》が一斉《いっせい》に飛《と》び出《だ》して来《き》た。晩春《ばんしゅん》の雨上《あめあ》がりにかかる虹《にじ》のように、淡《あわ》くとろけるような色《いろ》をした翅《はね》が、頰《ほお》をかすめて飛《と》んでいく。

舞《ま》い散《ち》る鱗粉《りんぷん》は光《ひかり》のかけらのよう。

西日《にしび》が差《さ》し込《こ》み、いつの間《ま》にか明《あか》るい薄紅色《うすべにいろ》になった部屋《へや》の中《なか》を、七色《いろ》の蝶《ちょう》の渦《うず》が満《み》たしていく。

「ああ、いいね」

ふと、耳元《みみもと》で母《はは》の声《こえ》が聞《き》こえた気《き》がした。

「着物《きもの》が喜《よろこ》んでる」


我《われ》に返《かえ》ると、衣桁《いこう》には小《ち》さな着物《きもの》が、何事《なにごと》もなかったかのように袖《そで》を広《ひろ》げていた。

髪《かみ》をぐしゃぐしゃにしたまま、私《わたし》と娘《むすめ》は呆然《ぼうぜん》と目《め》を見交《みか》わす。

「……お母《かあ》さん。その着物《きもの》と衣桁《いこう》、私《わたし》にちょうだい」

しばらくして、娘《むすめ》が言《い》った。

「いいけど……着物《きもの》、エコバッグにでもするの？」

不器用《ぶきよう》な私《わたし》と違《ちが》い、娘《むすめ》が先日《せんじつ》、家庭科《かていか》の授業《じゅぎょう》で作《つく》って来《き》た作品《さくひん》は大《たい》したものだった。

しかしそれを聞《き》いた娘《むすめ》は、「もったいない！」と叫《さけ》んだ。

「や、何《なに》に出来《でき》るかは分《わ》かんないけどさ。着物《きもの》のリメイクとか、ちょっと興味《きょうみ》出《で》てきた」

中学《ちゅうがく》に行《い》ったら手芸部《しゅげいぶ》もいいかもねと呟《つぶや》く娘《むすめ》は、私《わたし》より、私《わたし》の母《はは》と似《に》ている。

阿部智里

（あべ・ちさと）１９９1年、群馬県生まれ。２０１2年早稲田大学文化構想学部在学中、『烏に単は似合わない』で、史上最年少の20歳で松本清張賞を受賞し、デビュー。２０１7年早稲田大学大学院文学研究科修士課程修了。デビュー作から続く「八咫烏《やたがらす》シリーズ」は累計１５０万部を越える大ベストセラーとなり人気を博す。ほかの著書に、八咫烏シリーズの外伝『烏百花～蛍の章～』、八咫烏シリーズの第2部『楽園の烏』、『発現』がある。
八咫烏シリーズ公式ＨＰ https://books.bunshun.jp/sp/karasu

夜《よる》のトランペット

朝倉宏景《あさくらひろかげ》

寿命間近《じゅみょうまぢか》の夜《よる》の蟬《せみ》は、予想《よそう》のつかない軌道《きどう》を描《えが》いて飛《と》び、ときに人間《にんげん》に向《む》かってくる。私《わたし》は「きゃっ」と情《なさ》けない声《こえ》を出《だ》して彼《かれ》の腕《うで》にしがみついた。蟬《せみ》はじじじと鳴《な》きながら私《わたし》のすぐ手前《てまえ》で急旋回《きゅうせんかい》し、街灯《がいとう》にぶつかった。

「でも、いいの？　試合前日《しあいぜんじつ》なのに」私《わたし》は恥《は》ずかしさをごまかすようにたずねた。汗《あせ》ばんだ二人《ふたり》の肌《はだ》が離《はな》れるとき、ぺったりとした、吸《す》いつくような感触《かんしょく》が残《のこ》った。

「すぐ帰《かえ》るから大丈夫《だいじょうぶ》だよ。試合《しあい》、午後《ごご》からだし」彼《かれ》は答《こた》えた。

午後《ごご》八時《じ》だった。多摩川《たまがわ》の河川敷《かせんしき》の、川《かわ》べり近《ちか》くまで歩《ある》いて行《い》く。黒《くろ》い水面《すいめん》に街灯《がいとう》の光《ひかり》が反射《はんしゃ》している。

「ここらへんなら民家《みんか》も遠《とお》いし、音《おと》、大丈夫《だいじょうぶ》かな」私《わたし》は楽器《がっき》ケースからトランペットを取《と》り出《だ》した。マスクをあごの下《した》までおろし、マウスピースを口《くち》にあてる。金属《きんぞく》がほてった肌《はだ》にひんやりと冷《つめ》たい。鼻《はな》から空気《くうき》を吸《す》いこみ、小《ちい》さくすぼめた口先《くちさき》から一気《いっき》に空気《くうき》を吐《は》き出した。甲高《かんだか》い音色《ねいろ》が闇夜《やみよ》を切《き》り裂《さ》く。

彼《かれ》は私《わたし》と同《おな》じ高校《こうこう》の、野球部《やきゅうぶ》のキャプテンだ。明日《あした》から最後《さいご》の大会《たいかい》にのぞむ。けれど、いくら勝《か》ち進《すす》んだとしても、夢《ゆめ》だった夏《なつ》の甲子園《こうしえん》への道《みち》は閉《と》ざされている。

蝉《せみ》の鳴《な》き声《ごえ》と争《あらそ》うように、彼《かれ》が打席《だせき》に立《た》つときに演奏《えんそう》するはずだった「夏祭《なつまつ》り」という曲《きょく》の主旋律《しゅせんりつ》を、心《こころ》をこめて演奏《えんそう》した。味方《みかた》チームが得点圏《とくてんけん》にランナーを進《すす》めたときのチャンステーマも、母校《ぼこう》の校歌《こうか》も、祈《いの》るような気持《きも》ちで奏《かな》でた。無観客試合《むかんきゃくじあい》なので、明日《あした》は応援《おうえん》に行《い》けない。球場《きゅうじょう》でトランペットを吹《ふ》くことができない。それどころか、吹奏楽部《すいそうがくぶ》のコンクールまで中止《ちゅうし》になってしまった。

　トランペットのメロディーは、夜《よる》のしじまに吸《す》いこまれて消《き》えていった。私《わたし》はマスクを口《くち》もとまで上《あ》げた。

「ありがとう。元気出《げんきで》た」彼《かれ》は言《い》った。

「頑張《がんば》ってね」私《わたし》は答《こた》えた。

毎日《まいにち》、毎日《まいにち》、吹奏楽部《すいそうがくぶ》の朝練《あされん》をしながら、同《おな》じく朝早《あさはや》くから練習《れんしゅう》にいそしむ野球部《やきゅうぶ》のかけ声《ごえ》を聞《き》いていた。そんな日々《ひび》も、もう過去《かこ》のものだ。

「明日《あした》、また、ここで会《あ》おう」

「勝《か》ってくるよ」

今日《きょう》も会《あ》える。明日《あした》も会《あ》える。あさっても、しあさっても、会《あ》おうと思《おも》えば会《あ》える。そんな当《あ》たり前《まえ》が、当《あ》たり前《まえ》ではないことを、私《わたし》たちは知《し》ってしまったから。

だから、私《わたし》たちは前《まえ》を向《む》いて歩《ある》いていく。甲子園球場《こうしえんきゅうじょう》の青空《あおぞら》のもと、真夏《まなつ》の陽光《ようこう》をきらきらと誇《ほこ》らしげに反射《はんしゃ》させるトランペットのボディーを、私《わたし》はふと想像《そうぞう》した。泣《な》きそうになった。もう涙《なみだ》は流《なが》さないと決《き》めていたから、私《わたし》はマスクの内側《うちがわ》でにっこりと微笑《ほほえ》んだ。

朝倉宏景

（あさくら・ひろかげ）1984年、東京都生まれ。2012年『白球アフロ』で第7回小説現代長編新人賞奨励賞を受賞。他の著作に『野球部ひとり』『つよく結べ、ポニーテール』『僕の母がルーズソックスを』『空洞電車』などがある。2018年『風が吹いたり、花が散ったり』で第24回島清恋愛文学賞を受賞した。最新作は、甲子園球場の整備を請け負う「阪神園芸」を舞台にした『あめつちのうた』。

一日経《にちた》ってから開封《かいふう》してください

宮西真冬《みやにしまふゆ》

「一日経《にちた》ってから開封《かいふう》してください」

届《とど》いた封筒《ふうとう》の裏側《うらがわ》に、そう書《か》かれてあった。

郵便受《ゆうびんう》けで真奈《まな》が、イトコの道子《みちこ》からの手紙《てがみ》を発見《はっけん》した時《とき》、汗《あせ》だくで喉《のど》が渇《かわ》いていた。

普段《ふだん》なら夏休《なつやす》みのはずなのに、今年《ことし》は暑《あつ》い中《なか》、授業《じゅぎょう》が行《おこな》われている。

——なんで、みっちゃんから手紙《てがみ》が。

鞄《かばん》の中《なか》に手紙《てがみ》を隠《かく》して家《いえ》に入《はい》り、まっすぐ自分《じぶん》の部屋《へや》に行《い》く。

ベッドに座《すわ》って封筒《ふうとう》を眺《なが》める。なにが書《か》かれてあるのだろう。

——いいことが書《か》かれてある訳《わけ》がないけど。

道子《みちこ》の家《いえ》には毎年《まいとし》お盆《ぼん》に、家族《かぞく》で帰省《きせい》することになっている。祖父母《そふぼ》に会《あ》うことよりも、同《おな》い年《どし》の道子《みちこ》に会《あ》えるのが楽《たの》しみだった。

が、去年《きょねん》の夏《なつ》、事件《じけん》が起《お》きた。

真奈《まな》を迎《むか》え入《い》れたとき、祖母《そぼ》が言《い》ったのだ。

「本当《ほんとう》に女《おんな》の子《こ》らしくなったねー。色《いろ》が白《しろ》くてほっそりして。道子《みちこ》は色《いろ》も黒《くろ》いし、足《あし》もこんなにぶっとくて。本当《ほんとう》にみっともない！」

祖母《そぼ》は道子《みちこ》の太《ふと》ももを、バチン、と叩《たた》いた。

大人《おとな》たちは笑《わら》っていた。だけど、道子《みちこ》の顔《かお》から血《ち》の気《け》が引《ひ》くのを、はっきりと見《み》てしまった。

どうして大人《おとな》は、無神経《むしんけい》に子供《こども》を傷《きず》つけるのだろう。

散歩《さんぽ》と言《い》って家《いえ》を飛《と》び出《で》た道子《みちこ》を、真奈《まな》は放《ほう》っておけず、走《はし》って追《お》いかけた。

「みっちゃんは太《ふと》ってないよ。私《わたし》なんてガイコツって呼《よ》ばれてるよ」

想定外《そうていがい》だったのは、道子《みらこ》が、真奈《まな》の言葉《ことば》に激怒《げきど》したことだった。

「うるさいなあ！　真奈《まな》がうちに来《き》たらいいことがないよ！」

そして道子《みちこ》は言《い》った。

――来年《らいねん》は来《こ》ないでよね！

なぜ道子《みちこ》が怒《おこ》ったのか分《わ》からなかった。励《はげ》ましてあげたのに怒《おこ》るなんておかしいとさえ思《おも》った。でも、最近《さいきん》、ようやく分《わ》かった。

ウイルスの感染《かんせん》が拡大《かくだい》するのと同時《どうじ》に、アマビエが流行《はや》り始《はじ》めた。疫病退散《えきびょうたいさん》のご利益《りやく》がある妖怪《ようかい》らしい。少《すこ》しずつ噂《うわさ》は変化《へんか》し「LINE《ライン》で友達《ともだち》から送《おく》って貰《もら》った画像《がぞう》を待《ま》ち受《う》けにしないとウイルスに感染《かんせん》する」という呪《のろ》いになってしまった。

が、真奈《まな》は送《おく》って貰《もら》うことができなかった。キッズケータイで、LINE《ライン》が使《つか》えなかったから。別《べつ》に画像《がぞう》がないから感染《かんせん》するなんて思《おも》っていない。ただ、中学《ちゅうがく》に入《はい》ってもキッズケータイを使《つか》っていることを「子供《こども》っぽい」と笑《わら》われたことが嫌《いや》だった。そして、なによりも惨《みじ》めだったのが、友達《ともだち》に「子供《こども》っぽいところがいいんだよ」と庇《かば》われたことだった。

去年《きょねん》の夏《なつ》は道子《みちこ》と仲直《なかなお》りをできないまま、東京《とうきょう》に帰《かえ》ることになり、今年《ことし》は帰省《きせい》しないと決《き》まった。ウイルスを持《も》って帰《かえ》ってしまってはいけないと、大人《おとな》たちの間《あいだ》で話《はな》し合《あ》いがあったらしい。

――私《わたし》が帰《かえ》ってこなくなって喜《よろこ》んでいるだろうな。

そう思《おも》っていたのに、手紙《てがみ》が届《とど》いた。

何《なに》が書《か》かれてあるのか怯《おび》えながら今日《きょう》を待《ま》つのは辛《つら》かった。躊躇《ちゅうちょ》したけれど、封《ふう》を開《あ》ける。

中《なか》からはビニール袋《ぶくろ》に包《つつ》まれた手作《てづく》りのマスクが出《で》てきた。

同封《どうふう》のカードに「ウイルスがついていたらいけないので、数日待《すうじつま》ってから使《つか》ってください。来年《らいねん》は帰《かえ》って来《き》てね!」と書《か》かれてある。
真奈《まな》はマスクを見《み》つめ、道子《みちこ》になにを送《おく》ろうと考《かんが》えた。

宮西真冬

(みやにし・まふゆ)1984年、山口県生まれ。2017年に第52回メフィスト賞受賞作『誰かが見ている』でデビュー。『首の鎖』『友達未遂』と生きづらさを抱えた人々を描いている。

未来《みらい》へ過去《かこ》へ

澤田瞳子《さわだとうこ》

ああ、やっぱり、やらなけりゃならないことが多《おお》すぎる。

あたしはバッタリとベッドに倒《たお》れ込《こ》んだ。

学校《がっこう》の宿題《しゅくだい》、部活《ぶかつ》、家《いえ》の手伝《てつだ》い、妹《いもうと》の相手《あいて》。

十代《だい》ほど人生《じんせい》で楽《たの》しい時期《じき》はないと大人《おとな》は言《い》うけど、それは嘘《うそ》だ。だって、あたしはこんな最中《さなか》でも、宿題《しゅくだい》について考《かんが》えている。

「ねえ、帰《かえ》ってるなら、コロッケ揚《あ》げるの手伝《てつだ》って!」

台所《だいどころ》からの叫《さけ》び声《ごえ》を聞《き》きながら、あたしはベッドから起《お》き上《あ》がった。

コロッケなんてめんどくさいもの、スーパーで買《か》えばと思《おも》っていたけど、実《じつ》はおばあちゃんも似《に》たようにコロッケを揚《あ》げていたらしい。つまりこれは、我《わ》が家《や》の癖《くせ》。ふむ、一つ賢《かしこ》くなったぞ。

「ちょっと! 早《はや》くコロッケにパン粉《こ》つけてってば!」

ずっと提出《ていしゅつ》し損《そこ》ねている学校《がっこう》の宿題《しゅくだい》が、頭《あたま》に浮《う》かんでくる。

——お父《とう》さん、お母《かあ》さんの十代《だい》の頃《ころ》について調《しら》べましょう。

壁《かべ》の鏡《かがみ》を覗《のぞ》き込《こ》めば、そこに映《うつ》る顔《かお》は、びっくりするほどママ似《に》だ。当然《とうぜん》か。

あたしは大《おお》きく頭《あたま》を振《ふ》った。——周《まわ》りを見回《みまわ》して、思《おも》わずのけぞった。ここ、さっきまでの部屋《へや》じゃない。

手元《てもと》に置《お》いてあった青《あお》いペットボトルをまじまじと見《み》つめ、そして中身《なかみ》を一気《いっき》に飲《の》み干《ほ》した。

窓辺《まどべ》のカーテンは半透明《はんとうめい》で、ピカピカ七色《いろ》に光《ひか》っている。

机《つくえ》の上《うえ》の小《ちい》さな端末《たんまつ》は、鮮《あざ》やかなピンク色《いろ》の服《ふく》を着《き》て踊《おど》る人《ひと》たちを３Ｄ《スリーディー》で宙《ちゅう》に投影《とうえい》している。

ざわざわしていた心《こころ》が、次第《しだい》に落《お》ち着《つ》く。あたしはよしっとベッドから立《た》ち上《あ》がった。

あたしは妙《みょう》な運《うん》があるらしい。今《いま》は、この状況《じょうきょう》を楽《たの》しもう。そして体験《たいけん》とは、少《すこ》しでも現実的《げんじつてき》な使《つか》い方《かた》をするべきだ。

自分《じぶん》に言《い》い聞《き》かせはしたものの、でもどうしてこんなことになったのか不思議《ふしぎ》だ。そう、知《し》らなかったけど、実《じつ》は。

とある会社《かいしゃ》のモニターで、過去《かこ》か未来《みらい》の三十年先《ねんさき》に飛《と》べる権利《けんり》が当《あ》たっていた、とか。

ちょっと無理《むり》のある話《はなし》かな。あたしはううむと腕組《うでぐ》みをして、青《あお》いペットボトルを見《み》つめた。

こんなへんてこな体験《たいけん》のレポートが、あの面倒《めんどう》な宿題《しゅくだい》の代《か》わりになるだろうか。

澤田瞳子

（さわだ・とうこ）1977年、京都府生まれ。同志社大学文学部卒業、同大学院博士前期課程修了。2010年に『孤鷹の天』でデビューし、同作で中山義秀文学賞を最年少受賞。2012年『満つる月の如し　仏師・定朝』で本屋が選ぶ時代小説大賞、2013年に新田次郎文学賞受賞。2016年には『若冲』で歴史時代作家クラブ賞作品賞と親鸞賞を受賞。2020年『駆け入りの寺』を刊行、同作は同年に第14回舟橋聖一文学賞を受賞。その他の著書に『火定』『落花』など。

友《とも》だちの家《いえ》の離《はな》れ

三津田信三《みつだしんぞう》

　ぼくが中学一年生《ちゅうがくいちねんせい》のとき、大野《おおの》という友《とも》だちができた。彼《かれ》の家《いえ》は少《すこ》し田舎《いなか》にあったため、いつも自転車《じてんしゃ》で学校《がっこう》に通《かよ》っていた。

　ある日曜日《にちようび》、ぼくは自転車《じてんしゃ》で大野《おおの》の家《いえ》へ遊《あそ》びにいった。彼《かれ》の部屋《へや》は庭《にわ》に建《た》つ離《はな》れだった。ひいお祖母《ばあ》さんとお祖母《ばあ》さんと伯父《おじ》さんが、そこで亡《な》くなっているらしい。ずっと物置《ものおき》になっていたのを、中学生《ちゅうがくせい》になった大野《おおの》が自分《じぶん》の部屋《へや》にしたのである。

「怖《こわ》くない？」

　ぼくが思《おも》わず尋《たず》ねると、

「金《かな》しばりには、よくあうけど」

　彼《かれ》は平気《へいき》な顔《かお》をしながら、とんでもない返答《へんとう》をした。よく聞《き》いてみると、他《ほか》にも色々《いろいろ》と変《へん》なことがあるという。

　学校《がっこう》から帰《かえ》ってきたら、たった今《いま》まで誰《だれ》かのいた気配《けはい》がある。でも家族《かぞく》に訊《き》いても、誰《だれ》も離《はな》れには入《はい》っていない。ちゃんと閉《し》めたはずの押《お》し入《い》れのふすまが、いつの間《ま》にか少《すこ》しだけ開《あ》いている。伯父《おじ》さんの買《か》ったテレビが夜中《よなか》に突然《とつぜん》つき、少《すこ》しずつ音量《おんりょう》が上《あ》がっていく。

彼《かれ》の体験《たいけん》を聞《き》いているうちに、夕方《ゆうがた》になった。

「お前《まえ》ら、どういうつもりだ！」

そこへ大野《おおの》の高校生《こうこうせい》の兄《あに》が、いきなり怒鳴《どな》り込《こ》んできた。

「何《なん》のこと？」

「とぼけんなよ。俺《おれ》を莫迦《ばか》にしてんのか！」

兄《あに》は何《なに》か探《さが》し物《もの》があって、母屋《おもや》の一階《かい》の部屋《へや》にいた。ふと視線《しせん》を感《かん》じたので目《め》を向《む》けると、離《はな》れの窓《まど》から誰《だれ》かが、こっちを覗《のぞ》いている。

弟《おとうと》か……と思《おも》ったが、明《あ》かりの点《とも》る離《はな》れから、薄暗《うすぐら》くなった外《そと》を見《み》ているため、ほとんど影《かげ》になっている。しかも相手《あいて》は窓《まど》ガラスにつけた両手《りょうて》で、両目《りょうめ》のまわりを覆《おお》うような仕草《しぐさ》をしているので、よけいに顔《かお》が分《わ》からない。

兄《あに》は軽《かる》く片手《かたて》をあげたが、そいつは窓《まど》から覗《のぞ》く姿勢《しせい》を変《か》えずに、ずっとこちらを見続《みつづ》けている。弟《おとうと》または彼《かれ》の友《とも》だちが、自分《じぶん》をからかっているのだと、兄《あに》は考《かんが》えた。だから離《はな》れに怒鳴《どな》り込《こ》んだ。ということらしい。

自分《じぶん》たちではないと大野《おおの》が否定《ひてい》すると、しばらく兄《あに》は問題《もんだい》の窓《まど》を見《み》つめてから、ぷいっと離《はな》れを出《で》ていった。


その年《とし》の夏休《なつやす》み、ぼくは大野《おおの》の家《いえ》へ泊《とま》りにいった。

夕方《ゆうがた》、二人《ふたり》で風呂《ふろ》に入《はい》って、離《はな》れに戻《もど》ろうとすると、庭《にわ》に誰《だれ》かいる。大野《おおの》の小学校《しょうがっこう》の同級生《どうきゅうせい》で、高崎《たかさき》というやつらしい。

ぼくを紹介《しょうかい》してから、大野《おおの》が言《い》った。

「離《はな》れに入《はい》って、待《ま》ってればいいのに。いつもそうしてるだろ」

「そのつもりだったけど……」

高崎《たかさき》の様子《ようす》が変《へん》なので、大野《おおの》が尋《たず》ねた。

「どうした?」

「離《はな》れの窓《まど》から誰《だれ》かが、こっちを覗《のぞ》いてた。てっきりお前《まえ》だと思《おも》って、離《はな》れに上《あ》がったら、誰《だれ》もいなくて……」

大野《おおの》が訊《き》いた。

「そいつは、どんなやつだった?」

すると高崎《たかさき》は、

「影《かげ》しか見《み》えなかったけど、こういう風《ふう》に両手《りょうて》で、両目《りょうめ》を囲《かこ》う恰好《かっこう》をして、じっとこっちを見《み》てた」

夏休《なつやす》みが終《お》わったあと、ぼくは自然《しぜん》に大野《おおの》と疎遠《そえん》になった。

彼《かれ》は今《いま》でも、あの離《はな》れで生活《せいかつ》しているのだろうか。

三津田信三

（みつだ・しんぞう）ホラーミステリ作家。2001年『ホラー作家の棲む家』でデビュー（文庫版は『忌館』と改題）。2010年『水魑《みづち》の如き沈むもの』で第10回本格ミステリ大賞を受賞。2016年『のぞきめ』が映画化される。主な作品に刀城言耶シリーズ、家シリーズ、死相学探偵シリーズ、幽霊屋敷シリーズ、物理波矢多《もとろいはやた》シリーズなどがある。最新作は『そこに無い家に呼ばれる』『逢魔宿り《あまやど》』。

黒魔女修行《くろまじょしゅぎょう》だってオンライン

石崎洋司《いしざきひろし》

朝《あさ》5時《じ》。ゴスロリにも着《き》がえたし、黒魔女修行《くろまじょしゅぎょう》をはりきってまいり魔性《ましょう》～！

ごくふつうの小学生女子《しょうがくせいじょし》・黒鳥千代子《くろとりちよこ》は、黒魔女《くろまじょ》さんになるため、朝練《あされん》、午後練《ごごれん》、夜練《よれん》と、一年《ねん》365日《にち》、雨《あめ》の日《ひ》も雪《ゆき》の日《ひ》も、修行《しゅぎょう》をしなくちゃいけないのdeath《です》！

って、肝心《かんじん》のインストラクター黒魔女《くろまじょ》のギューービッドが、いない……。

あ。もしかして、バカンス？　いつも「日本人《にほんじん》は働《はたら》きすぎだ！　フランス人《じん》を見習《みなら》え！」って、えらそうにいってるもの。

「アホ、バカンス、マヌケ、おたんこなす、すっとこどっこい！」

がくっ。いま、さりげなーく、バカンスって、いれませんでした？

それより、なぜノートパソコンの画面《がめん》にギューービッドさまの顔《かお》が？

「新型《しんがた》コロナウィルス対策《たいさく》だよ。若《わか》おかみの春《はる》の屋旅館《やりょかん》だって、リモート宴会《えんかい》をやってるんだ。あたしたちも、あんみつを避《さ》けるために、頭ー夢《ずーむ》でオンライン修行《しゅぎょう》だぜ！」

「あんみつ」じゃなくて「3密《みつ》」！　それに『頭ー夢《ずーむ》』って、『Ｚｏｏｍ《ズーム》』っていうアプリの名前《なまえ》、パクッてるし！　まったく、魔界《まかい》のダジャレ好《ず》きには、あきれてものもいえませぬ。

「ほんじゃあ、さっそく朝練《あされん》をはじめるぜ。けさ教《おし》える新黒魔法《しんくろまほう》は『ミラー呪《ジュ》』だ」

ミラージュは英語《えいご》&《アンド》フランス語《ご》で『蜃気楼《しんきろう》』のこと。地平線《ちへいせん》や水平線《すいへいせん》の上《うえ》に、山《やま》や街《まち》など、ほんとうはそこにはない幻《まぼろし》が見《み》える現象《げんしょう》なんだそうで。

「『ミラー呪《ジュ》』も同《おな》じさ。呪文《じゅもん》をかけると幻《まぼろし》の道《みち》と街《まち》が現《あらわ》れる。で、そこに迷《まよ》いこんだ旅人《たびびと》をとっつかまえて、魂《たましい》をぬきとっちまうという寸法《すんぽう》さ」

こ、こわっ。

「でも、呪文《じゅもん》は楽《たの》しいぞ。いつもとちがって、歌《うた》って踊《おど》るんだ」

そういったかと思《おも》うと、画面《がめん》の中《なか》のギュービッド、いきなり、立《た》ちあがり。

「♪ミラ、ミラ、ミラー呪《ジュ》、ルキウゲ、ルキウゲ、エスペヒスーモ。さあ、やってみろ」

むむっ？　最初《さいしょ》は、左手《ひだりて》をあげて、次《つぎ》に右手《みぎて》だっけ……。

「右手《みぎて》、左手《ひだりて》だよ。あたしは、おまえがまねしやすいように、わざと逆《ぎゃく》におどってるの。そもそも、あたしが正《ただ》しくおどったら、おまえに黒魔法《くろまほう》がかかっちまうだろ」

「なるほど。ギュービッドさまを鏡《かがみ》に映《うつ》った自分《じぶん》だと思《おも》えばいいわけね？」

ええっと、右《みぎ》、左《ひだり》、右《みぎ》、左《ひだり》、両手《りょうて》で下《した》、上《うえ》……。

「両手《りょうて》は上《うえ》、下《した》！　くるっとまわって、右足《みぎあし》まえ……。あれ？　逆《ぎゃく》に踊《おど》ってたら、わかんなくなったぜ。ちょっと待《ま》ってろ、頭ー夢《ずむ》の自撮《じど》りで、たしかめてみるから」

で、しばらく、画面《がめん》のむこうから「♪ミラ、ミラ、ミラー呪《ジュ》」と、ひとりごとが続《つづ》き……。

「わかった！　♪ミラ、ミラ、ミラー呪《ジュ》、ルキウゲ、ルキウゲ、エスペヒスーモ！　わっ！」

「ギュービッドさま？　どうしたの？　だいじょうぶ？」

返事《へんじ》なし。画面《がめん》のむこうに、だれかがいる気配《けはい》もなし……って、ま、まさか！

『あたしが正《ただ》しくおどったら、おまえに黒魔法《くろまほう》がかかっちまうだろ』って、いってたよね。

頭ー夢《ずむ》を自撮《じど》りモードにして、逆《ぎゃく》におどったら、画面《がめん》に映《うつ》るのは正《ただ》しいおどり。

つまり、ギュービッドさま、自分《じぶん》で自分《じぶん》に『ミラー呪《ジュ》』をかけちゃったんじゃない？

で、魔界《まかい》へまよいこんだ……。ま、自分《じぶん》が魔界《まかい》の人《ひと》だから、魂《たましい》はぬかれないだろうけど。

それにしても、オンライン授業《じゅぎょう》で大混乱《だいこんらん》って、人間界《にんげんかい》も魔界《まかい》も同《おな》じなんだね、とほほ……。

※『頭《ず》ー夢《む》』はユーミンさん（小学《しょうがく》5年生《ねんせい》）、『ミラー呪《ジュ》』はゆまさん（中学《ちゅうがく》3年生《ねんせい》）に、『黒魔女《くろまじょ》さんが通《とお》る!!』のサイトに投稿《とうこう》をいただいたアイデアです。ありがとうございました！

石崎洋司

（いしざき・ひろし）東京都生まれ。慶応大学経済学部卒業。『世界の果ての魔女学校』で野間児童文芸賞、日本児童文芸家協会賞受賞。主な著書に、「黒魔女さんが通る!!」「少年弁護士セオの事件簿」シリーズ、『杉原千畝　命のビザ』『福沢諭吉「自由」を創る』「神田伯山監修・講談えほん」シリーズ、翻訳の仕事に『クロックワークスリー　マコーリー公園の秘密と三つの宝物』などがある。

守《ま》り神《がみ》

中島京子《なかじまきょうこ》

わたし、ばあちゃんっ子《こ》だったんで、古《ふる》い話《はなし》、よく聞《き》かされてたんです。ばあちゃんが言《い》うには、わたしら、昔《むかし》は「守《まも》り神《がみ》」って言《い》われてたそうなんですよ。いまや、嫌《きら》われ者《もの》の代名詞《だいめいし》ですけど。いや、ほんとに。

最近《さいきん》、わりと建物《たてもの》の中《なか》に入《はい》ること、多《おお》いんですよね。マンション、ですか。そうしたら、たいへんなことになっちゃって。

わたし、廊下《ろうか》を歩《ある》いてただけなんですよ。隅《すみ》のほうを這《は》うようにしてたんです、お邪魔《じゃま》にならないように。なんにも迷惑《めいわく》かけるようなこと、してないんですよ。わたしたち、音《おと》は一切《いっさい》、立《た》てませんから。

それなのに、部屋《へや》から出《で》てきた人《ひと》がね、わたしを見《み》るなり大声《おおごえ》出《だ》しまして。うるさいのはどっちだと言《い》いたいですよ。

「あなたっ。棒《ぼう》、棒《ぼう》っ!」「お、おう!」なんてね。間《ま》の抜《ぬ》けた夫婦《ふうふ》もんが、園芸用《えんげいよう》の支《し》柱《ちゅう》かなんか持《も》ち出《だ》して。

わたしを突《つ》っつこうとするんですよ！「うわー、暴《あば》れた！」なんて言《い》いますけど、わたし、暴《あば》れてませんから。避《さ》けようとしただけですから。先端恐怖症《せんたんきょうふしょう》なんです、わたし。どうしようもないから、えいやっと、飛《と》びついたんですよ、その緑色《みどりいろ》の棒《ぼう》に。最終的《さいしゅうてき》には、必死《ひっし》でそれに体《からだ》を巻《ま》きつけましてね。わたし、身長《しんちょう》が1m《メートル》60cm《センチ》あるんです。そのわたしが、直径《ちょっけい》1cm《センチメートル》くらいの棒《ぼう》に全身巻《ぜんしんま》きつけるの、かなり難《むずか》しいんですよ。それで、棒《ぼう》に絡《から》みついたまま、建物《たてもの》から出《だ》されちゃってね。草《くさ》むらに放《ほう》り出《だ》されましたけど。荒《あら》っぽいですよね、することが。わたし、守《まも》り神《がみ》なのに。

みなさん、驚《おどろ》くけど、わたし、ここいらにもう25年《ねん》、暮《く》らしてるんですよ。最近《さいきん》、マンションの中《なか》に入《はい》ることが多《おお》いのは、理由《りゆう》があるんです。コロナウィルスってやつが流行《はや》りだして、都心《としん》の飲食街《いんしょくがい》が「密《みつ》を避《さ》ける」だかなんだかで、閉《し》まっちゃったでしょ。すると困《こま》ったのは、繁華街《はんかがい》で暮《く》らしてたねずみさんたちですよ。ごはんがなくなっちゃった。で、やつらはこっちに、住宅街《じゅうたくがい》に移《うつ》ってきたわけですよ。

わたしら、守《まも》り神《がみ》ですからね。なんで守《まも》り神《がみ》かっていうと、ねずみを取《と》ってあげてたからなんです。家《いえ》に一匹《ぴき》、青大将《あおだいしょう》がいれば、ねずみなんてものは、よせつけませんよ。ねずみとわたしらと、どっち選《えら》ぶのよ。どっちとの同居《どうきょ》を望《のぞ》むのよ、あなたがたは！

わたしら、毒《どく》もないし、咬《か》まないし、病原菌《びょうげんきん》も運《はこ》びませんしね。大人《おとな》しくて、しかもねずみを取《と》ってあげるんですよ。もっと優《やさ》しくしたらいいじゃないですか！

それなのに、今日《きょう》、またちょっと好奇心《こうきしん》でマンションに入《はい》ったら、なんと警察呼《けいさつよ》ばれちゃいましたよ。蛇相手《へびあいて》に、警察呼《けいさつよ》んでどうするのよ。

わたし、いま、本棚《ほんだな》の裏《うら》に隠《かく》れてるんです。やたらと本《ほん》の多《おお》い部屋《へや》でねえ。持《も》ち主《ぬし》、作《さっ》家《か》ですか。なんだかなあ。あんまり物《もの》を知《し》らない作家《さっか》だね。

わたし、神様《かみさま》なんですから。もっと尊敬《そんけい》してほしいもんです。

中島京子

（なかじま・きょうこ）１９６４年、東京都出身。２００３年『ＦＵＴＯＮ』でデビュー。２０１０年『小さいおうち』で直木賞受賞。２０１４年『妻が椎茸だったころ』で泉鏡花文学賞、２０１５年『かたづの！』で河合隼雄物語賞、歴史時代作家クラブ賞作品賞、柴田錬三郎賞、『長いお別れ』で中央公論文芸賞、日本医療小説大賞を受賞。『イトウの恋』『平成大家族』『のろのろ歩け』『パスティス』『樽とタタン』など著書多数。

音楽《おんがく》

一木《いちき》けい

「お母《かあ》さんホント頑張《がんば》ったなあ。快《かい》の勉強見《べんきょうみ》て、笛吹《ふえふ》いて前転後転《ぜんてんこうてん》して給食調理《きゅうしょくちょうり》も用《よう》務員《むいん》さんもこなして。PTA《ピーティーエー》と四月《がつ》の書類地獄《しょるいじごく》がないのはよかったけど」

俺《おれ》も母《かあ》さんも待《ま》ちに待《ま》った今年度初《こんねんどはつ》、登校日《とうこうび》の朝《あさ》。雨《あめ》だ。

「だるいな」

「好《す》きな子《こ》と同《おな》じクラスになれるかもよ」

「そんなやつ、いねえよ」

目《め》が勝手《かって》に追《お》ってしまう子《こ》ならいる。

『それ、なんて曲《きょく》?』

水飲《みずの》み場《ば》で訊《き》かれたのは昨年《さくねん》の秋《あき》。

俺《おれ》がハミングしていた曲《きょく》の名《な》を、真琴《まこと》は暗記《あんき》するように何度《なんど》も呟《つぶや》いた。

『音《おと》がどんどん下《さ》がっていくのが恰好《かっこう》いいね』
左頬《ひだりほほ》の笑窪《えくぼ》が目《め》に焼《や》きついた。

ばくんと心臓《しんぞう》が暴《あば》れる。
真琴《まこと》だ。
真琴《まこと》が教室《きょうしつ》に入《はい》ってきた！　まじで？　同《おな》じクラス⁈
俺《おれ》は机《つくえ》の下《した》でパパパン、と太《ふと》ももを叩《たた》いた。
【近《ちか》づかない。触《さわ》らない。なるべくコミュニケーションをとらない】
しかし黒板《こくばん》にはでかでかと書《か》いてある。
友《とも》だち作《つく》んなってこと？
真琴《まこと》の席《せき》は最前列《さいぜんれつ》。前《まえ》を向《む》いてろと先生《せんせい》は言《い》う。
マスクのせいで声《こえ》は聴《き》こえづらいし、笑窪《えくぼ》も見《み》えない。
それでも俺《おれ》は、明日《あした》が楽《たの》しみだった。
なのに。

その晩《ばん》、市内《しない》で感染者《かんせんしゃ》が出《で》た。また休校《きゅうこう》。

「少《すこ》しずつ宿題《しゅくだい》進《すす》めとくのよ」

明日《あした》も休《やす》み、明後日《あさって》も休《やす》み。終《お》わりはいつ？

はああ。

大量《たいりょう》の宿題《しゅくだい》を机《つくえ》の端《はし》によけ、俺《おれ》はＣＤ《シーディー》に手《て》を伸《の》ばした。

＊

涙《なみだ》がたれてイヤフォンの隙間《すきま》から耳《みみ》に入《はい》り、歌声《うたごえ》と混《ま》ざる。曲《きょく》の合間《あいま》に何《なに》かの割《わ》れる音《おと》が聴《き》こえた。国《くに》から配《くば》られたお金《かね》とパチンコを巡《めぐ》る罵《のの》り合《あ》い。

先週《せんしゅう》の登校日《とうこうび》が夢《ゆめ》みたい。この曲《きょく》を教《おし》えてくれた快《かい》は、思《おも》わず二度見《にどみ》するほど背《せ》が伸《の》びていた。

ああ、お腹《なか》がすいた。

私《わたし》の家《いえ》は深海《しんかい》にあるのかもしれない。暗《くら》くて寒《さむ》くて餌《えさ》が少《すく》ない。私《わたし》は息《いき》を止《と》めてまた音楽《おんがく》に潜《もぐ》る。

「真琴《まこと》、どっか行《い》くの」

やっと再開《さいかい》となった晴《は》れの朝《あさ》、母《はは》は布団《ふとん》の中《なか》からそう言《い》ってまた寝《ね》た。

外《そと》に出《で》ると身体《からだ》がぺきぺき膨《ふく》らむ。海《うみ》の底《そこ》で潰《つぶ》れていたペットボトルが徐々《じょじょ》に空気《くうき》を含《ふく》んでいくように。

浮上《ふじょう》。

教室《きょうしつ》に入《はい》るなり快《かい》と目《め》が合《あ》った。むっとした顔《かお》ですぐ逸《そ》らされた。

今日《きょう》の学活《がっかつ》は自己紹介《じこしょうかい》。

出席番号《しゅっせきばんごう》一番《ばん》の私《わたし》が名前《なまえ》と好《す》きなバンドを言《い》い、着席《ちゃくせき》しようとしたそのとき。

先生《せんせい》が思《おも》いもよらないことを言《い》った。

「素敵《すてき》なお顔《かお》を見《み》せてちょうだい」

ガキかよ。全員《ぜんいん》やんの。ブーイングが起《お》きる中《なか》、どこからか「グッジョブ」という囁《ささや》きが聴《き》こえた。

再《ふたた》び訪《おとず》れた静寂《せいじゃく》の中《なか》で、私《わたし》は用心深《ようじんぶか》く、マスクを外《はず》した。

また快《かい》と目《め》が合《あ》った。今度《こんど》は逸《そ》らされなかった。

ほんの一瞬《いっしゅん》の出来事《できごと》だったけど、世界《せかい》に光《ひかり》が満《み》ち溢《あふ》れ、指先《ゆびさき》まで力《ちから》が漲《みなぎ》るような気《き》がした。

一木けい

（いちき・けい）１９７９年、福岡県生まれ。東京都立大学卒。２０１６年「西国疾走少女」で第15回女による女のためのR－18文学賞読者賞を受賞。２０１８年、受賞作を収録した『１ミリの後悔もない、はずがない』でデビュー。最新作は、『全部ゆるせたらいいのに』。

美《うつく》しい瞬間《しゅんかん》

山内《やまうち》マリコ

うちのマンションのベランダからアキちゃんちの屋上《おくじょう》は丸見《まるみ》え。夏《なつ》になるとあそこにビニールプールを出《だ》して、あたしたちはいっしょに水遊《みずあそ》びした。幼《おさな》なじみってやつだ。

アキちゃんは小学校《しょうがっこう》の途中《とちゅう》から学校《がっこう》に来《こ》なくなった。卒業式《そつぎょうしき》も欠席《けっせき》した。けど、中学《ちゅうがく》の入学式《にゅうがくしき》にはちゃんと制服《せいふく》を着《き》て、体育館《たいいくかん》の列《れつ》に並《なら》んでた。だけどまたすぐ来《こ》なくなって、中《ちゅう》一の一学期《がっき》が過《す》ぎ、二学期《がっき》が終《お》わり、三学期《がっき》になった。

そして世界中《せかいじゅう》にコロナが蔓延《まんえん》した。


あたし、見《み》たんだ。

丸《まる》い月《つき》がぽっかり浮《う》かんだ夜《よる》、屋上《おくじょう》でアキちゃんが、くるくる躍《おど》ってるとこ。

突然《とつぜん》の全国一斉休校《ぜんこくいっせいきゅうこう》には、みんな大《だい》ブーイングだった。友《とも》だちも親《おや》も文句言《もんくい》ってた。

けど、アキちゃんは大喜《おおよろこ》び。思《おも》わず月《つき》の下《した》で、躍《おど》っちゃうくらいに。

アキちゃんはそれからしょっちゅう屋上《おくじょう》に出《で》てくるようになった。そして解放感《かいほうかん》いっぱいに、思《おも》い思《おも》いに過《す》ごす。ほどなく屋上《おくじょう》にテントが出現《しゅつげん》した。中《なか》で寝転《ねころ》んでいるのか、テントからアキちゃんの足《あし》だけがのぞく。ときどきギターの音《おと》がする。あいみょんの「マリーゴールド」が聴《き》こえてきて、へぇ～アキちゃん、あいみょん聴《き》くんだ～とか思《おも》う。

アキちゃんちの屋上《おくじょう》に、どんどん物《もの》が増《ふ》えていく。パラソルとデッキチェア。優雅《ゆうが》に任天堂《にんてんどう》Ｓｗｉｔｃｈ《スイッチ》をプレイするアキちゃん。あつ森《もり》やってんのかな。暑《あつ》い日《ひ》には、昔《むかし》いっしょに遊《あそ》んだビニールプールも出《だ》された。プールでアキちゃんちの柴犬《しばいぬ》が水浴《みずあ》びするのを、あたしは隠《かく》れてずっと見《み》てた。

ある日《ひ》、アキちゃんがギターで弾《ひ》く「マリーゴールド」にあわせて、サビを歌《うた》って、ベランダ越《ご》しにジョイントを試《こころ》みた。

アキちゃんはギターを弾《ひ》く手《て》を止《と》め、

「誰《だれ》だ⁉」

屋上《おくじょう》で一人《ひとり》、辺《あた》りをきょろきょろ。

「あたしだ！」

ベランダから叫《さけ》んで、さっと身《み》を隠《かく》す。

アキちゃんと言葉《ことば》を交《か》わすのは何年《なんねん》ぶりだろう。だけどノリは昔《むかし》と同《おな》じ。あたしたち、ふざけるのが大好《だいす》き。そして二人《ふたり》ともシャイだ。

マスクをつけて、あっけなく日常《にちじょう》が戻《もど》る。アキちゃん来《く》るかな～と思《おも》ったけど、学校《がっこう》が再開《さいかい》してもアキちゃんは登校《とうこう》しなかった。

休校中《きゅうこうちゅう》あんなにしょっちゅう出《だ》されていたテントもデッキチェアもビニールプールも、あれっきり見《み》かけない。もしかして〝自粛《じしゅく》〟してるのかもしれない。そうだとしたら、なんかちょっと気《き》の毒《どく》。

あたしは思《おも》う。またアキちゃんが躍《おど》ってるとこ見《み》たいなぁ。

ネイビーブルーの空《そら》に丸《まる》い月《つき》が浮《う》かんだ三月《がつ》の夜《よる》、アキちゃんが全身全霊《ぜんしんぜんれい》で歓喜《かんき》する姿《すがた》は、太古《たいこ》の人々《ひとびと》の儀式《ぎしき》みたいに神秘的《しんぴてき》で、とても美《うつく》しかった。

山内マリコ

（やまうち・まりこ）１９８０年生まれ。２０１２年『ここは退屈迎えに来て』でデビュー。主な著作に『選んだ孤独はよい孤独』『あたしたちよくやってる』など。雑誌「CLASSY.」の連載小説をまとめた『一心同体だった』の刊行を控えている。

三〇歳《さい》のあなたより

白尾《しらお》悠《はるか》

(こんなの誰《だれ》かのいたずらだ)
心臓《しんぞう》の鼓動《こどう》が早《はや》まり、雨上《あめあ》がりの草《くさ》と土《つち》の匂《にお》いが、一層《いっそう》濃《こ》くなった気《き》がする。紗南《さな》は掘《ほ》り返《かえ》した缶《かん》の箱《はこ》の中《なか》から、その白《しろ》い封筒《ふうとう》を恐《おそ》る恐《おそ》る取《と》り出《だ》す。表書《おもてが》きには、「紗南様《さなさま》へ　三〇歳《さい》のあなたより」と書《か》かれていた。

親友《しんゆう》の光里《ひかり》と、自分《じぶん》たちだけのタイムカプセルをこの公園《こうえん》の樹《き》の裏《うら》に埋《う》めたのは去年《きょねん》の九月《がつ》のことだった。二十歳《はたち》で開《あ》ける予定《よてい》の小学校《しょうがっこう》のものより長《なが》くしようと、二人《ふたり》のカプセルには一八年後《ねんご》、三〇歳《さい》の自分《じぶん》と互《たが》いへ宛《あ》てた手紙《てがみ》を入《い》れた。中身《なかみ》を秘密《ひみつ》にしたプレゼントも添《そ》えて。

「お手紙《てがみ》ありがとうございました。とても懐《なつ》かしく読《よ》ませていただきました。具体的《ぐたいてき》には答《こた》えられませんが、頂《いただ》いた五つの質問《しつもん》の内《うち》、三つの答《こた》えはYES《イエス》です。大変《たいへん》なことは多《おお》いけど、好《す》きなものが広《ひろ》がって、楽《たの》しむ術《すべ》も増《ふ》えて、大人《おとな》も面白《おもしろ》いですよ。

一つだけお願《ねが》いがあります。今《いま》あなたが捨《す》てようとしているもの、どうか取《と》っておいてもらえませんか。これは幸《しあわ》せな未来《みらい》のためのヒントなどではまったくなく、ただの私《わたし》の我《わが》儘《まま》です。あなたが過《す》ごしているその時間《じかん》や気持《きも》ちを、できるだけ忘《わす》れないでいたいのです。たくさんの大事《だいじ》なものが、忘《わす》れ去《さ》られてしまったから。では、元気《げんき》でね」

(これだけって……意味不明《いみふめい》)

手紙《てがみ》の真偽《しんぎ》を疑《うたが》いながら、紗南《さな》はさっきまで捨《す》てようとしていた、箱《はこ》の底《そこ》にあるものたちから目《め》が離《はな》せない。金色《きんいろ》のリボンをかけた光里宛《ひかりあ》てのプレゼントの中身《なかみ》は綺麗《きれい》なグラスだ。三〇歳《さい》になっても親友同士《しんゆうどうし》、泊《と》まりがけで〝二人《ふたり》パーティー〟をするとき用《よう》にと選《えら》んだ。大人《おとな》っぽい花模様《はなもよう》のカードに書《か》いた文面《ぶんめん》も、はっきりと思《おも》い出《だ》せる。でも、光里《ひかり》はきっとぜんぶ忘《わす》れてしまった。

新型《しんがた》ウィルスが原因《げんいん》の、突然《とつぜん》の休校《きゅうこう》、駆《か》け足《あし》の卒業式《そつぎょうしき》。新中学生《しんちゅうがくせい》になっても通学《つうがく》は週《しゅう》一回《かい》で、おまけに光里《ひかり》とクラスも別《わか》れた。自粛期間中《じしゅくきかんちゅう》に光里《ひかり》から何度《なんど》か遊《あそ》びの誘《さそ》いをもらったけれど、同居《どうきょ》する祖母《そぼ》を気遣《きづか》う両親《りょうしん》に禁《きん》じられた。そうこうしているうちに、光《ひか》里《り》は新《あたら》しいクラスの子《こ》とメッセージグループを作《つく》り、オンラインゲームで遊《あそ》び、一緒《いっしょ》に公《こう》園《えん》へ出《で》かけ、ようやく毎日通学《まいにちつうがく》できるようになってみれば、光里《ひかり》の紗南《さな》に対《たい》する態度《たいど》はすっかりよそよそしいものになっていた。この短《みじか》い夏休《なつやす》みも、紗南《さな》はひとりぼっちだ。

（こんなに悲《かな》しくて苦《くる》しいのに、ぜんぶ捨《す》てるなって言《い》うの？）

頭上《ずじょう》で何匹《なんびき》もの蟬《せみ》の声《こえ》が重《かさ》なり、音《おと》の幕《まく》に包《つつ》まれて、頭《あたま》がぼうっとなる。紗南《さな》は箱《はこ》を埋《う》め戻《もど》すと、猛然《もうぜん》と家《いえ》へ向《む》かった。三〇歳《さい》の身勝手《みがって》な自分《じぶん》に、返事《へんじ》を書《か》くために。

白尾悠

（しらお・はるか）神奈川県生まれ、東京都育ち。米国の大学を卒業後帰国し、外資系映画関連会社などを経て、フリーのデジタルコンテンツ・プロデューサー、マーケター。２０１７年「アクロス・ザ・ユニバース」で第16回女による女のためのR－18文学賞大賞、読者賞をダブル受賞。２０１８年、受賞作を収録した『いまは、空しか見えない』でデビュー。最新作は、『サード・キッチン』。

わたしのタワシ

宮下奈都《みやしたなつ》

柴犬《しばいぬ》のタロがキッチンへ入《はい》り込《こ》んだと思《おも》ったら、何《なに》かいいものを見《み》つけたらしい。それをくわえてケージへ駆《か》け戻《もど》った。タワシだった。しまった、これじゃなかった、と思《おも》っているだろうけど、今《いま》、タワシと戯《たわむ》れるふりをしてみせている。

ああ、わかる。タロの気持《きも》ちが痛《いた》いほどわかる。タワシが欲《ほ》しかったんじゃない。もっといいものだと思《おも》ってつかまえたのだ。わたしと同《おな》じだった。

どうやら自分《じぶん》は勉強《べんきょう》ができるらしいと気《き》づいたのは小学校《しょうがっこう》に上《あ》がってすぐだ。教科書《きょうかしょ》は一度《ど》読《よ》めばぜんぶ理解《りかい》できた。テストはいつも１００点《てん》。それがつまらなかった。１００点《てん》を取《と》ってしまったら、その上《うえ》に何《なに》があるのかわからない。１０１点《てん》、１０２点《てん》を見《み》たかった。もっと知《し》りたかったし、もっと考《かんが》えたかった。

勉強《べんきょう》のできる子《こ》が集《つど》うという大《おお》きな街《まち》の中学《ちゅうがく》を受験《じゅけん》した。この田舎町《いなかまち》では大変《たいへん》なことだった。友達《ともだち》からは遠《とお》まきにされ、担任《たんにん》の先生《せんせい》でさえなぜ受験《じゅけん》するのかと聞《き》いてくる。どこにいてもできることはあるはずだ、と。そうかもしれない。でも、そうじゃないかもしれない。わたしは、そうじゃないと思《おも》いたかったから受験《じゅけん》したのだ。

合格《ごうかく》した中学《ちゅうがく》では、入学式《にゅうがくしき》が中止《ちゅうし》になった。オンラインでの授業《じゅぎょう》が続《つづ》いた後《あと》は、マスクをつけての時差登校《じさとうこう》。昼食時間《ちゅうしょくじかん》は、前《まえ》を向《む》いたまま一言《ひとこと》も話《はな》さずにお弁当《べんとう》を食《た》べる。誰《だれ》かと親《した》しくなるチャンスがない。何《なに》かを話《はな》し合《あ》ったり、議論《ぎろん》したりする余裕《よゆう》もない。今《いま》も、クラスの子《こ》たちの顔《かお》はわからないままだ。

夏休《なつやす》みに入《はい》ったら、いいようのないむなしさがやってきた。友達《ともだち》もいなくて、ぽつんとひとりだ。これって、もしかして、タワシ？　わたしが選《えら》んだのはタワシだったのかな。

タロがケージからひょいと顔《かお》をのぞかせた。そうして、さっきキッチンから奪《うば》ったタワシを前足《まえあし》でこちらに蹴《け》ってよこした。

「ちょっと噛《か》んでみなよ」

タロがいった。足下《あしもと》まで転《ころ》がってきたタワシを拾《ひろ》う。

「意外《いがい》とタワシもいけるよ」

いや、タワシは無理《むり》。おおかたハンバーグか何《なに》かと見間違《みまちが》えたんでしょ。そう思《おも》ったけれど、タロが真剣《しんけん》な顔《かお》でわたしを見《み》ているのでいえなかった。

「そっか、タワシもいけるか」

そう返《かえ》した瞬間《しゅんかん》、あっ、と思《おも》った。そうか、タワシもいけるのか。こんなはずじゃなかったと思《おも》うけれど、噛《か》んでみてもいいかもしれない。望《のぞ》んだハンバーグとは違《ちが》っても、格闘《かくとう》する価値《かち》はあるのかもしれない。どこにいてもできることがあるなら、あの中学《ちゅうがく》でできることもあるはずだ。

「噛《か》んでみるよ」

そういったら、タロは一度《ど》だけピコンとしっぽを振《ふ》ってみせた。

宮下奈都

(みやした・なつ)1967年、福井県生まれ。作家。2004年に「静かな雨」で文學界新人賞佳作を受賞しデビュー。2015年刊行の『羊と鋼の森』が、2016年本屋大賞、王様のブランチブックアワード大賞2015、「キノベス!2016」1位という史上初の三冠を獲得。著書に『スコーレNo.4』『よろこびの歌』『神さまたちの遊ぶ庭』『つぼみ』など。

寄《よ》り道《みち》小道《こみち》

大崎《おおさき》梢《こずえ》

その家《いえ》の庭《にわ》にトイプードルをみつけたのは、ツツジの花《はな》が咲《さ》きそろう五月半《がつなか》ばのことだった。

「君《きみ》はなんていうお名前《なまえ》？　かわいいね」

亜美《あみ》が話《はな》しかけていると家《いえ》の中《なか》から女《おんな》の子《こ》が出《で》てきた。あわてて駆《か》け出《だ》そうとして、女《おんな》の子《こ》のかけている色《いろ》付《つ》き眼鏡《めがね》や白《しろ》い杖《つえ》に気《き》づく。

「みーちゃん、どうしたの。誰《だれ》かいるの？」

「ごめんなさい。えっとその、犬《いぬ》がかわいくて」

「ありがとう。嬉《うれ》しい。近《ちか》くの人《ひと》？」

「近《ちか》くだけど、この道《みち》は初《はじ》めてなの」

いつもの道《みち》は通《とお》れなかったから、という言葉《ことば》はのみこむ。

「もしかして小学生《しょうがくせい》くらい？　わたし、五年生《ねんせい》よ」

「わたしも五年生《ねんせい》」

小学校《しょうがっこう》で見《み》かけたことはないのでちがう学校《がっこう》に通《かよ》っているのだろう。親《した》しみのこもった笑顔《えがお》を向《む》けられ亜美《あみ》もほほえんだが、白《しろ》い杖《つえ》を手《て》に歩《あゆ》み寄《よ》る女《おんな》の子《こ》に身《み》がすくむ。マスクをしてない。

いっときも早《はや》く離《はな》れたくなるが、なんと言《い》えばいいだろう。だまって急《きゅう》にいなくなったら不審《ふしん》に思《おも》われる。困《こま》っていると「どうしたの？」と、さらに近《ちか》づいてきた。

「マスク」

亜美《あみ》は自分《じぶん》の口元《くちもと》を指《ゆび》で差《さ》した。それでは通《つう》じない。

「わたしはマスクをかけているの。でもあなたはしてないでしょ。だから、した方《ほう》がいいと思《おも》って」

女《おんな》の子《こ》は驚《おどろ》いたらしく、手《て》にしていた杖《つえ》を放《はな》してしまう。犬《いぬ》も鳴《な》き騒《さわ》ぐ。家《いえ》の中《なか》から誰《だれ》か出《で》てきた。

「お母《かあ》さん、マスク！」

「そうだったわね。うっかりしてた。お友《とも》だちかしら。ごめんなさいね」

お母《かあ》さんにあやまられ、亜美《あみ》は首《くび》を横《よこ》に振《ふ》った。

「ちがうんです。わたしのお母《かあ》さんが病院《びょういん》で働《はたら》いてるから、うつしたら悪《わる》いと思《おも》って」

今《いま》のところ家族《かぞく》の誰《だれ》にも症状《しょうじょう》は出《で》ていない。感染予防《かんせんよぼう》には前々《まえまえ》から気《き》をつけている。けれどウイルス保持者《ほじしゃ》のように、近所《きんじょ》の人《ひと》にも学校《がっこう》の友《とも》だちにも恐《おそ》れられている。ついさっきも買《か》い物《もの》に行《い》こうとして、数人《すうにん》のクラスメイトをみつけ、あわてて隠《かく》れた。コンビニもドラッグストアも行《い》かないでほしいと言《い》われている。

泣《な》きそうになって下《した》を向《む》く。女《おんな》の子《こ》のお母《かあ》さんは犬《いぬ》の頭《あたま》をなでながら言《い》った。

「うちはずっと、病院《びょういん》の先生《せんせい》にも看護師《かんごし》さんにも薬剤師《やくざいし》さんにもお世話《せわ》になっているのよ。もしかしたらあなたのお母《かあ》さんにも会《あ》っているのかも。とても感謝《かんしゃ》している人《ひと》がいると伝《つた》えてね」

亜美《あみ》は涙目《なみだめ》のまま顔《かお》を上《あ》げた。

「そんなふうに言《い》ってくれる人《ひと》、いなくて」

「ほんとうはいっぱいいるのよ。あなたのお友《とも》だちも、いつかいろんなことに気《き》づく。わたしだって小学生《しょうがくせい》のころは、今《いま》みたいなことが言《い》えなかったわ」

それからその道《みち》をよく通《とお》るようになった。「みーちゃん」こと「ミカエル」という名《な》のトイプードルともすっかり仲良《なかよ》しだ。名付《なづ》け親《おや》である飼《か》い主《ぬし》とも。

ツツジの花《はな》は終《お》わってしまったけれど、今《いま》はマリーゴールドやひまわりがたくさん咲《さ》いている。

大崎梢

（おおさき・こずえ）東京都生まれ。元書店員。書店で起こる小さな謎を描いた『配達あかずきん』で、２００６年にデビュー。近著に『横濱エトランゼ』『ドアを開けたら』『彼方のゴールド』『さよなら願いごと』などがあり、最新作は『もしかして　ひょっとして』。

ラジオ体操《たいそう》の幽霊《ゆうれい》

ぶんけい

「あの子《こ》、汗《あせ》かいてないな」

卓人《たくと》は曲《きょく》に合《あ》わせてジャンプしながら、一番端《いちばんはし》で体《からだ》を動《うご》かす女《おんな》の子《こ》の様子《ようす》を見《み》ていた。

音楽《おんがく》が止《や》み、汗《あせ》だくの皆《みんな》がジュースに駆《か》け寄《よ》る。

「タクくん、カードは?」

町内会《ちょうないかい》のおばさんに言《い》われて我《われ》に返《かえ》り、卓人《たくと》はスタンプカードを差《さ》し出《だ》す。

その間《あいだ》もあの子《こ》は、涼《すず》しい顔《かお》でひとり佇《たたず》んでいた。

ストンと落《お》ちた長《なが》い黒髪《くろかみ》、どこで売《う》っているのかも分《わ》からない雰囲気《ふんいき》の白《しろ》い服《ふく》、照《て》りつける太陽《たいよう》を跳《は》ね返《かえ》すような白《しろ》く透《す》き通《とお》った肌《はだ》。

＊＊＊

夏休《なつやす》みに神社《じんじゃ》で一週間《しゅうかん》だけ催《もよお》される『こどもラジオ体操《たいそう》ウィーク』はビッグイベントだった。朝《あさ》は早《はや》いし虫《むし》も多《おお》いが、参加《さんか》するたびにジュースを一本《ぽん》もらえるし、一週間毎《しゅうかんまい》日参加《にちさんか》した皆勤賞者《かいきんしょうしゃ》は、お菓子《かし》の詰《つ》め合《あ》わせをもらえる。半月分《はんつきぶん》のおこづかいでも買《か》えない量《りょう》のお菓子《かし》だ。

それがもらえるからこそのビッグイベントなのに、あの子《こ》は四日目《よっかめ》から参加《さんか》したのだ。

卓人《たくと》は、昨日祖母《きのうそぼ》に言《い》われた言葉《ことば》を思《おも》い出《だ》す。

『お盆《ぼん》っていうのはね、ご先祖様《せんぞさま》が帰《かえ》ってくる期間《きかん》なんだよ』

翌朝《よくあさ》もあの子《こ》は来《き》た。

やけどしそうなほど熱《あつ》いアスファルトに体育座《たいいくずわ》りをして、ラジオ体操《たいそう》の開始《かいし》を待《ま》っている。

誰《だれ》もあの子《こ》に話《はな》しかけようとしない。一方《いっぽう》であの子《こ》は、境内《けいだい》を駆《か》け回《まわ》る皆《みんな》を、じっと見《み》ていた。羨《うらや》ましそうに、懐《なつ》かしそうに。

あの子《こ》は全然動《ぜんぜんうご》かない。

まるで時間《じかん》が止《と》まっているみたいだった。

同《おな》じ姿《すがた》のまま何年《なんねん》も時《とき》が止《と》まって――

幽霊《ゆうれい》のように、そこにいる。

冷《ひ》や汗《あせ》が流《なが》れた。

その後《あと》のことはよく覚《おぼ》えていない。なんとなくラジオ体操《たいそう》をこなし、スタンプを押《お》してもらい、参加賞《さんかしょう》のジュースを飲《の》んだ気《き》がする。せめてジュースを飲《の》んだ記憶《きおく》は残《のこ》っていてほしかった。

あの子《こ》はラジオ体操《たいそう》に、未練《みれん》を残《のこ》したままこの世《よ》を去《さ》り、お盆《ぼん》になって帰《かえ》ってきたのだ。

そういえば昨日《きのう》と今日《きょう》、ジュースは受《う》け取《と》っていただろうか。そもそもジュースを飲《の》めるのだろうか。

明日《あす》のジュースは、お供《そな》えにしようと決《き》めた。ひとつでも、いい思《おも》い出《で》が増《ふ》えるように。

＊＊＊

六日目《むいかめ》の参加者《さんかしゃ》はすこし減《へ》った。最終日《さいしゅうび》が近《ちか》づいて、気《き》が緩《ゆる》んで寝坊《ねぼう》でもしたのだろう。あの子《こ》もいなかった。

七時《じ》になると、いつもの音楽《おんがく》が鳴《な》り始《はじ》め、それに合《あ》わせて皆《みんな》が身体《からだ》を動《うご》かす。

幽霊《ゆうれい》が寝坊《ねぼう》するはずない。もしかすると、成仏《じょうぶつ》したのかもしれない。お盆《ぼん》がいつまで続《つづ》くのか、祖母《そぼ》に聞《き》いておけばよかった。

ラジオ体操《たいそう》が終《お》わると、氷水《こおりみず》に漬《つ》けられたオレンジジュースを手《て》に取《と》り、皆《みんな》が帰《かえ》るのを待《ま》った。しばらくして、ひと気《け》のない御神木《ごしんぼく》のそばにお供《そな》え物《もの》としてジュースを置《お》いた。

その瞬間《しゅんかん》。

背後《はいご》に何《なに》かの気配《けはい》を感《かん》じた。緊張《きんちょう》しながら静《しず》かに振《ふ》り返《かえ》ると――

あの子《こ》だった。

サラリとした黒髪《くろかみ》、どこで買《か》ったのか分《わ》からない服《ふく》、白《しろ》い肌《はだ》。卓人《たくと》は平然《へいぜん》を装《よそお》い、大《おお》きく息《いき》を吸《す》って声《こえ》をかけた。

「よかったら、これ！」

卓人《たくと》の言葉《ことば》に驚《おどろ》いたのか、幽霊《ゆうれい》は目《め》を丸《まる》くする。そしてゆっくりと俯《うつむ》き、時間《じかん》をたっぷりとった後《あと》で、口《くち》を開《ひら》いた。

ジージージー。

御神木《ごしんぼく》に止《と》まったアブラゼミが、幽霊《ゆうれい》の声《こえ》を掻《か》き消《け》した。

「君《きみ》は……何者《なにもの》……？」

＊＊＊

夏休《なつやす》みが終《お》わり、今日《きょう》から二学期《がっき》がはじまる。

卓人《たくと》は重《おも》い足取《あしど》りで通学路《つうがくろ》を歩《ある》き、この夏《なつ》を思《おも》い返《かえ》す。

アブラゼミが騒《さわ》ぐなか、聞《き》き取《と》ることができた幽霊《ゆうれい》の言葉《ことば》は、『またね』の一言《ひとこと》だけだった。

お供《そな》えをした翌日《よくじつ》、あの子《こ》の姿《すがた》はなかった。ジュースで成仏《じょうぶつ》してくれたのだろう。光《ひかり》に照《て》らされた眩《まぶ》しい校舎《こうしゃ》を、うんざりした気持《きも》ちで眺《なが》める。この町《まち》に幽霊《ゆうれい》が出《で》たというのに、なんて呑気《のんき》なんだろう。

チャイムの音《おと》を聞《き》くと、一気《いっき》に現実《げんじつ》に引《ひ》き戻《もど》された。先生《せんせい》がホームルームを始《はじ》めた。

「入《はい》っておいで」

教室《きょうしつ》の前《まえ》のドアから誰《だれ》かが入《はい》ってきた。

その顔《かお》を見《み》た瞬間《しゅんかん》、卓人《たくと》の身体《からだ》は硬直《こうちょく》した。

あの子《こ》が卓人《たくと》を見《み》て、微笑《ほほえ》んでいる。

ぶんけい

1994年生まれ。兵庫県淡路島出身。2011年、「踊り手」としてニコニコ動画にダンス動画を投稿。2017年に男女ユニット「パオパオチャンネル」でYouTubeでの活動を始める。2019年にチャンネル登録者数130万人を突破し活動を休止。現在はクリエイターとして企画、映像制作など多岐にわたり活躍する。近著に『腹黒のジレンマ』がある。

愛《あい》してるさん

最果《さいはて》タヒ

愛《あい》してるさんは生《う》まれた時《とき》から愛《あい》してるという名前《なまえ》なので、自己紹介《じこしょうかい》をするとき、いかにお前《まえ》のことは愛《あい》してない、と伝《つた》えるかが人生《じんせい》のテーマであったらしい。ぼくが出会《であ》った時《とき》も「愛《あい》してるといいます。お前《まえ》には言《い》わないが」と言《い》われてしまった。愛《あい》してるさんに姓名《せいめい》の区別《くべつ》はなく、生《う》まれた時《とき》から愛《あい》してるであり、誰《だれ》かと愛《あい》し合《あ》って結婚《けっこん》しても（選《せん》択的夫婦別姓《たくてきふうふべっせい》の導入《どうにゅう》を一個人《いちこじん》として願《ねが》ってはいるが）、本人《ほんにん》は選択《せんたく》することもなく永遠《えいえん》の愛《あい》してるだ。

ぼくと愛《あい》してるさんは、銀行強盗仲間《ぎんこうごうとうなかま》であった。といっても現金《げんきん》なんてもうほとんどの人間《にんげん》が使《つか》わないから、銀行《ぎんこう》から引《ひ》きずり出《だ》すのは無数《むすう》の星《ほし》であり、どうせなら野生《やせい》する星《ほし》を拾《ひろ》ったほうが平和的解決《へいわてきかいけつ》、なのではないかとぼくたちは矢ヶ崎川《やがさきがわ》の上流《じょうりゅう》に来《き》ていた。星《ほし》がよく落《お》ちるスタースポットらしい。愛《あい》してるさんは、足《あし》を浸《ひた》してじっと川底《かわぞこ》の石《いし》を見《み》ている。どれが石《いし》でどれが星《ほし》かを見分《みわ》けることは難《むずか》しく、日本銀行《にほんぎんこう》が飼《か》っているオオサンショウウオだけが判断《はんだん》できると言《い》われているが、愛《あい》してるさんもそれで言《い》うとそれなりにオオサンショウウオだった。3分《ぶん》の1の確率《かくりつ》で、星《ほし》を当《あ》てて拾《ひろ》い上《あ》げる。

「愛《あい》してるって言《い》いすぎたから、星《ほし》も見分《みわ》けられるようになった」

「意味《いみ》がわからないし、俺《おれ》はオオサンショウウオなんですよ、と言《い》われた方《ほう》がわかる」

「石《いし》は人間《にんげん》の脳《のう》に近《ちか》いって知《し》っているか。川《かわ》が人間《にんげん》の脳《のう》に近《ちか》いのかもしれないが。感情《かんじょう》として吐《は》き出《だ》されるのは川《かわ》の水《みず》のようなものだが、それよりも底《そこ》でずっと、青《あお》を見《み》たいとか、赤《あか》を見《み》たいとか、銀《ぎん》の食器《しょっき》を触《さわ》りたいとか、願《ねが》っている石《いし》が無数《むすう》に敷《し》き詰《つ》められていて、そういうところに桜《さくら》を美《うつく》しいと思《おも》う感覚《かんかく》や、夏《なつ》が懐《なつ》かしいと思《おも》う感覚《かんかく》が備《そな》わっているんだ。愛《あい》してるという言葉《ことば》をそのあたりから出《だ》すことは難《むずか》しい、腹《はら》の底《そこ》から出《だ》すのより難《むずか》しい。俺《おれ》は、名前《なまえ》が愛《あい》してるだから、情報《じょうほう》としてそれを告知《こくち》することができる、それは案外心《あんがいこころ》を込《こ》めて、相手《あいて》の心臓《しんぞう》を釣《つ》り上《あ》げるように言《い》う「愛《あい》してる」より深《ふか》いところにある言葉《ことば》なんだよ、だから、星《ほし》と石《いし》が見分《みわ》けられる」

「オオサンショウウオなんですよね？」

「うん」

「うん？　うんってどういうことですか？」

「きみが聞《き》くからうんって言《い》ったんだよ。ばかだなあ、聞《き》きたいことがあるならちゃんと聞《き》けば俺《おれ》は答《こた》えるのに」

「本気《ほんき》ですか?」って?「正気《しょうき》ですか?」って? どれもこれも「うん」と言《い》われたらそれはそれで疑《うたが》ってしまう問《と》いじゃないか。

疑《うたが》うか信《しん》じるかとは関係《かんけい》のないところで、自由《じゆう》なところで、その人《ひと》の話《はなし》を聞《き》ける間《あいだ》、ぼくは他人《たにん》のそばにいられると思《おも》うし、愛《あい》してるさんは名前《なまえ》からして人《ひと》を信《しん》じさせる気《き》がまったくなくて、ぼくはありがたいと思《おも》っている。そのことを、この人《ひと》は全《まった》く知《し》らないようだけれど。ぼくにも、人生《じんせい》のテーマはある。ぼくは別《べつ》に信《しん》じてますさんという名前《なまえ》ではないが。

ぼくが試《ため》しに拾《ひろ》った石《いし》は全部《ぜんぶ》灰色《はいいろ》の、ただの小石《こいし》だった。

この人《ひと》が星《ほし》をそれなりに拾《ひろ》える限《かぎ》りは、ぼくはこの人《ひと》の隣《となり》にいるだろう。

最果タヒ

（さいはて・たひ）１９８６年生まれ。詩人。中原中也賞、現代詩花椿賞などを受賞。２０１４年に発表した、詩集『死んでしまう系のぼくらに』は新しい詩のムーブメントを起こし、２０１６年の詩集『夜空はいつでも最高密度の青色だ』は２０１７年に映画化され、同年の映画賞を多数受賞。詩、作詞、小説、エッセイ、翻訳、絵本、様々なジャンルで活躍している。

拝《ささ》ぐ物語《ものがたり》

伴名練《はんなれん》

「下校時刻《げこうじこく》だぞ。熱心《ねっしん》なのはいいが、今日《きょう》はもう帰《かえ》りなさい」

文芸部部室《ぶんげいぶぶしつ》の扉《とびら》を開《ひら》いて声《こえ》を掛《か》けると、ホワイトボードを前《まえ》に議論《ぎろん》していた部員《ぶいん》たちは慌《あわ》てて身支度《みじたく》を始《はじ》めた。日《ひ》も沈《しず》みきった時刻《じこく》に六人《にん》も残《のこ》っていたのだから、熱意《ねつい》には頭《あたま》が下《さ》がる。

最後《さいご》に下校準備《げこうじゅんび》を終《お》えた、部長《ぶちょう》を務《つと》める女子生徒《じょしせいと》が、鞄《かばん》を肩《かた》に掛《か》けて一礼《いちれい》した。

「先生《せんせい》、部誌《ぶし》の印刷所手配《いんさつじょてはい》、本当《ほんとう》にありがとうございました」

「そんな大《おお》げさにしなくていいよ。施錠《せじょう》はやっておくから気《き》をつけて帰《かえ》るように」

彼女《かのじょ》が退室《たいしつ》するのを見届《みとど》けた後《あと》、静《しず》かに名前《なまえ》を呼《よ》ぶ。

「出《で》てきていいぞ、結《ゆい》」

掃除用具入《そうじようぐい》れから、制服姿《せいふくすがた》の少女《しょうじょ》がすっと姿《すがた》を現《あらわ》した。

「モテるね、涼《りょう》は」

「モテる？　なんで？」

「さっきの子、涼《りょう》に恋《こい》してるんだって。部員《ぶいん》に打《う》ち明《あ》けてるのを聞《き》いちゃった」

「そうか。よくある気《き》の迷《まよ》いだろうが距離《きょり》を置《お》いた方《ほう》がいいな」

「あら、可哀想《かわいそう》」

「教師《きょうし》と学生《がくせい》だ、当然《とうぜん》だろ」

椅子《いす》に身《み》を預《あず》けると、背後《はいご》に立《た》った結《ゆい》が「私《わたし》も学生《がくせい》だよ」と微笑《びしょう》し、囁《ささや》く。

「そろそろ始《はじ》めよっか」

頷《うなず》きを返《かえ》すと、結《ゆい》は目《め》を閉《と》じた。

そして。

「――島《しま》を覆《おお》う灰《はい》は、雪《ゆき》さながらに白《しろ》く、凍《い》てついていた。踏《ふ》めば海鳥《うみどり》のように、きいきいと囀《さえず》る――」

結《ゆい》の口《くち》から生《う》まれる言葉《ことば》の群《む》れを、一字《じ》も逃《のが》さずタブレットに打《う》ち込《こ》む。

結《ゆい》は学生《がくせい》でデビューし複数《ふくすう》の賞《しょう》を獲《と》った作家《さっか》だったが、高《こう》二の冬《ふゆ》、火災《かさい》で家族《かぞく》もろとも死《し》んだ。部室《ぶしつ》の地縛霊《じばくれい》になった結《ゆい》を認識《にんしき》できたのは、いとこで同級生《どうきゅうせい》の自分《じぶん》だけだった。

結《ゆい》の望《のぞ》みは、死後《しご》も物語《ものがたり》を世《よ》に届《とど》けることで、だから口述筆記《こうじゅつひっき》の日々《ひび》が始《はじ》まった。

「――潮風《しおかぜ》が吹《ふ》くたび、巻《ま》き上《あ》げられた灰《はい》は死者《ししゃ》の姿《すがた》をとって踊《おど》った。少女《しょうじょ》が泣《な》いた日《ひ》の風《かぜ》は、百年前《ねんまえ》に海《うみ》で溺《おぼ》れた少年《しょうねん》を呼《よ》び寄《よ》せた――」

寄付《きふ》している。

結《ゆい》の小説《しょうせつ》は、覆面作家《ふくめんさっか》としての新《あら》たな筆名《ひつめい》でも高評《こうひょう》を得《え》た。相談《そうだん》の上《うえ》、原稿料《げんこうりょう》は全《すべ》て

自分《じぶん》が結《ゆい》に抱《いだ》く感情《かんじょう》は特別《とくべつ》なものだが、部員《ぶいん》、OB《オービー》、顧問《こもん》とこちらの立場《たちば》が変《か》わっても関係《かんけい》が何《なに》も変《か》わらなかった九年《ねん》の部室通《ぶしつがよ》いの果《は》てに、結《ゆい》にとって自分《じぶん》がペンのような筆《ひっ》記具《きぐ》に過《す》ぎないという諦念《ていねん》も得《え》た。ある種《しゅ》の衝動《しょうどう》は、結《ゆい》には無縁《むえん》なのだろうと。

だが一時間《じかん》ほど経《た》ち、画面上《がめんじょう》で完成《かんせい》しつつある新作短編《しんさくたんぺん》を前《まえ》に、軽《かる》い驚《おどろ》きに見舞《みま》われた。結《ゆい》が「こういうもの」を書《か》くのは初《はじ》めてだ。

短編《たんぺん》は、少女《しょうじょ》と少年《しょうねん》の灰《はい》が寄《よ》り添《そ》うように舞《ま》って閉《と》じられた。

「このお話《はなし》は貴方《あなた》への贈《おく》り物《もの》」

物語《ものがたり》を紡《つむ》ぎ終《お》えた結《ゆい》はそう言《い》ってくすりと笑《わら》い、呟《つぶや》いた。

「――そう、これは恋愛小説《れんあいしょうせつ》」

伴名練

（はんな・れん）１９８８年生まれ。京都大学文学部卒。２０１０年、大学在学中に応募した「遠呪」で第17回日本ホラー小説大賞短編賞を受賞。同年、受賞作の改題・改稿版を収録した『少女禁区』で作家デビュー。作品集『なめらかな世界と、その敵』は『ＳＦが読みたい！ ２０２０年版』で「ベストＳＦ２０１９国内篇第1位」に選出された。２０２０年7月、編者をつとめるアンソロジー『日本ＳＦの臨界点［怪奇篇］』『日本ＳＦの臨界点［恋愛篇］』を刊行し、話題となる。

王《おう》さまと魔物《まもの》

天野純希《あまのすみき》

僕《ぼく》たちの国《くに》は、恐《おそ》ろしい魔物《まもの》に侵略《しんりゃく》されつつあるらしい。

「らしい」というのは、誰《だれ》もその姿《すがた》を見《み》た人《ひと》はいないし、王《おう》さまはそれを認《みと》めていないからだ。噂《うわさ》では、辺境《へんきょう》の村《むら》がいくつも壊滅《かいめつ》したとか、たくさんの人《ひと》が犠牲《ぎせい》になったとか言《い》うけれど、王《おう》さまは「我々《われわれ》はうまくやっている。脅威《きょうい》はすぐに去《さ》る」と繰《く》り返《かえ》すばかりで、本当《ほんとう》のところはさっぱりわからない。都《みやこ》で本屋《ほんや》を営《いとな》む父《とう》さんは、「お金《かね》が大好《だいす》きな王《おう》さまのことだから、みんなが仕事《しごと》をやめたら税金《ぜいきん》が取《と》れなくなって困《こま》るんだろう」なんて言《い》うけれど、都《みやこ》では多《おお》くのお店《みせ》が閉《し》まっていて、出歩《である》く人《ひと》はほとんどいない。魔物《まもの》は、口《くち》や鼻《はな》から人《ひと》の体《からだ》に入《はい》り込《こ》んでくるからだ。

賑《にぎ》やかだった都《みやこ》はすっかり静《しず》かになったけど、僕《ぼく》としては、学校《がっこう》が休《やす》みになったおかげで売《う》り物《もの》の本《ほん》を読《よ》む時間《じかん》が増《ふ》えてありがたかった。

でも、大人《おとな》たちの間《あいだ》には疑心暗鬼《ぎしんあんき》が拡《ひろ》がっていた。「あいつは魔物《まもの》に取《と》り憑《つ》かれた」「あそこは店《みせ》を開《あ》けている。魔物《まもの》の手先《てさき》に違《ちが》いない」。一度疑《いちどうたが》われたら、もう手遅《ておく》れだ。誰《だれ》も近《ちか》づいてこないし、出歩《である》けば石《いし》を投《な》げられる。

都《みやこ》でひどい騒《さわ》ぎが起《お》こったのは、魔物《まもの》が現《あらわ》れて数ヶ月《すうかげつ》が過《す》ぎた頃《ころ》のことだった。王《おう》さまお抱《かか》えの大商人《だいしょうにん》が売《う》り出《だ》した「魔物除《まものよ》けの聖水《せいすい》」に、まったく効果《こうか》が無《な》いことがわかったのだ。聖水《せいすい》はとんでもなく高価《こうか》で、無理《むり》をして買《か》った人《ひと》たちもいたけれど、それでも魔《ま》物《もの》に取《と》り憑《つ》かれる人《ひと》は後《あと》を断《た》たなかった。

「聖水《せいすい》は偽物《にせもの》だ！」「本物《ほんもの》は貴族《きぞく》どもが隠《かく》し持《も》ってるに違《ちが》いない！」。噂《うわさ》が都《みやこ》を駆《か》け巡《めぐ》り、人々《ひとびと》は貴族《きぞく》の屋敷《やしき》を襲《おそ》いはじめる。家族《かぞく》を魔物《まもの》に奪《うば》われた人《ひと》もいれば、ただ暴《あば》れたいだけの連中《れんちゅう》もいた。貧《まず》しくても王《おう》さまや貴族《きぞく》を支持《しじ》する人《ひと》もたくさんいて、民衆同士《みんしゅうどうし》のぶつかり合《あ》いも起《お》きた。

略奪者《りゃくだつしゃ》が、何《なん》の関係《かんけい》もない店《みせ》を襲《おそ》った。貴族《きぞく》や大商人《だいしょうにん》の屋敷《やしき》に、火《ひ》が放《はな》たれた。軍隊《ぐんたい》が出動《しゅつどう》したが、貧《まず》しい兵士《へいし》たちは命令《めいれい》に従《したが》わず、将軍《しょうぐん》たちは我先《われさき》に逃《に》げ出《だ》した。勢《いきお》いづいた民衆《みんしゅう》は王《おう》さまの宮殿《きゅうでん》へ押《お》しかけ、門《もん》を打《う》ち破《やぶ》る。

けれども、そこに王《おう》さまの姿《すがた》はない。代《か》わりに彼《かれ》らが目《め》にしたのは、炎《ほのお》に包《つつ》まれた王立《おうりつ》図書館《としょかん》だった。王《おう》さまはこの国《くに》のすべての記録《きろく》を燃《も》やして、どこかへ消《き》えてしまった。

僕《ぼく》は思《おも》った。本《ほん》を書《か》こう。この目《め》で見《み》た光景《こうけい》を文字《もじ》にして、書物《しょもつ》に書《か》き記《しる》そう。この国《くに》で起《お》きたことを、自分《じぶん》たちのしたことを、後《あと》からちゃんと振《ふ》り返《かえ》ることができるように。
だって、こんな馬鹿《ばか》げた騒動《そうどう》、もう二度《にど》とゴメンだろ？

天野純希

（あまの・すみき）1979年生まれ、愛知県名古屋市出身。愛知大学文学部史学科卒業後、2007年に「桃山ビート・トライブ」で第20回小説すばる新人賞を受賞しデビュー。2013年『破天の剣』で第19回中山義秀文学賞を受賞。近著に『乱都』がある。

太陽《たいよう》の子《こ》

折原《おりはら》みと

今年《ことし》の梅雨《つゆ》は長《なが》かった。
毎日毎日《まいにちまいにち》、たくさん雨《あめ》が降《ふ》って、日本《にほん》のあちこちで町《まち》や家《いえ》が水浸《みずびた》しになったりした。
本当《ほんとう》なら、オリンピックが始《はじ》まるはずだった7月《がつ》の末《すえ》になっても、雨《あめ》は止《や》まなかった。
空《そら》は、鉛色《なまりいろ》のままだった。
今年《ことし》は、夏休《なつやす》みだって、いつもより短《みじか》い。
なぜって?
それは、「コロナ」のせい。
わたしと同《おな》じ名前《なまえ》のウイルスのせい。

「コロナ」って名前《なまえ》は、まるで「呪《のろ》い」だ。
世界中《せかいじゅう》の人《ひと》に、憎《にく》まれているような気分《きぶん》になる。

世界中《せかいじゅう》で何十万人《なんじゅうまんにん》もの人《ひと》が、わたしのせいで死《し》んでしまったような気分《きぶん》になる。
いつ終《お》わるんだろう？
もしかして、ずっと？
怖《こわ》くて、息苦《いきぐる》しくて、先《さき》が見《み》えない。
もう二度《にど》と、楽《たの》しい毎日《まいにち》には戻《もど》れないって思《おも》ってた。

でもね、今日《きょう》、梅雨《つゆ》が明《あ》けたんだ。

いつもは8時過《じす》ぎにママに起《お》こされるのに、今日《きょう》は、なぜか5時《じ》ごろに目《め》が覚《さ》めた。
二階《にかい》のベランダに出《で》ると、空《そら》はあいかわらず鉛色《なまりいろ》の雲《くも》に覆《おお》われていた。
夜《よる》は明《あ》けているはずなのに薄暗《うすぐら》くて、
「今日《きょう》もまた雨《あめ》か」
なんて、憂鬱《ゆううつ》な気持《きも》ちでぼんやり空《そら》を見上《みあ》げてたんだ。
その時《とき》、分厚《ぶあつ》い雲《くも》に、ふいに小《ちい》さな穴《あな》が空《あ》いた。
そして、その隙間《すきま》から、サファイヤみたいに透《す》き通《とお》った青《あお》がのぞいたの。
それは、そのうち切《き》れ切《ぎ》れの細《ほそ》い川《かわ》のようになって、空《そら》に青《あお》い裂《さ》け目《め》を作《つく》っていく。

やがて、雲《くも》の切《き》れ間《ま》から、まぶしい金色《きんいろ》の光《ひかり》が差《さ》した。

朝日《あさひ》だった。

久《ひさ》しぶりに見《み》る太陽《たいよう》は、まるで光《ひかり》の剣《けん》を振《ふ》るう勇者《ゆうしゃ》のように、ぐんぐん雲《くも》を切《き》り裂《さ》きはじめた。

ぐんぐん、ぐんぐん。鉛色《なまりいろ》の雲《くも》は追《お》いやられて、青《あお》の領域《りょういき》が広《ひろ》がっていく。

いつのまにか、空《そら》は、青《あお》と鉛色《なまりいろ》のふたつにパッキリと分《わ》かれていた。

梅雨《つゆ》と夏《なつ》の境目《さかいめ》を、わたしは、生《う》まれて初《はじ》めて見《み》たような気《き》がしたんだ。


お昼《ひる》のニュースで、関東地方《かんとうちほう》の梅雨明《つゆあ》けが発表《はっぴょう》された。

8月《がつ》に入《はい》って最初《さいしょ》の日《ひ》、2020年《ねん》の夏《なつ》がやってきたんだ。

梅雨明《つゆあ》けを伝《つた》えるアナウンサーの顔《かお》は、いつもより明《あか》るかった。

テレビの画面《がめん》に映《うつ》る街《まち》も人《ひと》も、昨日《きのう》までと違《ちが》って見《み》える。

灰色《はいいろ》の景色《けしき》に、希望《きぼう》という色《いろ》がついた。

太陽《たいよう》が、世界《せかい》を照《て》らしているから。


二学期《がっき》が始《はじ》まったら、入学以来《にゅうがくいらい》、一度《ど》もいっていない学校《がっこう》にいこう。

初《はじ》めて会《あ》うクラスメイトたちに、胸《むね》を張《は》って自己紹介《じこしょうかい》しよう。
「わたしの名前《なまえ》はコロナです。太陽《たいよう》と書《か》いて、コロナと読《よ》みます」

暗闇《くらやみ》の中《なか》で怯《おび》えるのは、もうやめよう。
雨《あめ》は止《や》む。太陽《たいよう》は輝《かがや》く。
どんな年《とし》だって、夏《なつ》は必《かなら》ずやってくる。
いつかわたしたちは、「コロナ世代《せだい》」という名前《なまえ》で呼《よ》ばれるのかもしれない。
だけど、きっとそれは、
「暗闇《くらやみ》の時代《じだい》を乗《の》り越《こ》えた、たくましい子供《こども》たち」の、称号《しょうごう》になるはずだ。

わたしの名前《なまえ》はコロナ。
太陽《たいよう》の子《こ》。
「呪《のろ》い」を解《と》くのは、自分自身《じぶんじしん》だ。

折原みと

（おりはら・みと）1985年に少女マンガ家として、1987年に小説家としてデビュー。91年刊行の小説『時の輝き』が110万部のベストセラーとなる。人気シリーズ「アナトゥール星伝」や同コミック版、マンガ『天使のいる場所　Dr.ぴよこの研修ノート』『永遠の鼓動《おと》』、小説『制服のころ、君に恋した。』『天国の郵便ポスト』『幸福のパズル』『乙女の花束』の他、エッセイ、絵本、詩集、料理本、CDなどで幅広く活躍。

一緒《いっしょ》に遊《あそ》ぼう

武田綾乃《たけだあやの》

テレビ画面《がめん》の中央《ちゅうおう》に、僕《ぼく》が操作《そうさ》する主人公《しゅじんこう》が映《うつ》し出《だ》されている。コントローラーのB《ビー》ボタンを押《お》したらジャンプするし、A《エー》ボタンを押《お》したら光線銃《こうせんじゅう》で攻撃《こうげき》する。ビビビビビと機械音《きかいおん》がして敵《てき》が倒《たお》れた。

『きみの勝《か》ち！』と派手《はで》な音楽《おんがく》と共《とも》に画面《がめん》に文字《もじ》が出《で》ているけれど、僕《ぼく》は全然楽《ぜんぜんたの》しい気持《きも》ちになれない。いくら勝《か》ったって、一人《ひとり》じゃつまんない。

「あーあ、木下君《きのしたくん》は何《なに》やってるのかな」

畳《たたみ》の上《うえ》で大《だい》の字《じ》になる僕《ぼく》に、お母《かあ》さんは「ゲームばっかりしてないでちゃんと宿題《しゅくだい》もやりなさい」と言《い》った。だけど僕《ぼく》は全然《ぜんぜん》そんな気分《きぶん》にならない。センチメンタルというやつだ。

木下君《きのしたくん》は僕《ぼく》のクラスメイトだった。声《こえ》を掛《か》けて来《き》たのは向《む》こうの方《ほう》。僕《ぼく》がゲームのキャラクターが描《か》いてある下敷《したじ》きを使《つか》っていたら、「俺《おれ》もそれ好《す》き」と話《はな》しかけられた。

「分《わ》かってんじゃん」と僕《ぼく》が言《い》ったら、木下君《きのしたくん》は嬉《うれ》しそうに「シシッ」と歯《は》を見《み》せて笑《わら》った。

それから木下君《きのしたくん》は僕《ぼく》の家《いえ》に時々来《ときどきく》るようになった。やることは勿論《もちろん》ゲームだ。僕達《ぼくたち》はチームを組《く》んで、一緒《いっしょ》に敵《てき》を倒《たお》しに行《い》った。

そんな木下君《きのしたくん》が転校《てんこう》したのは一週間前《しゅうかんまえ》だ。とても遠《とお》いところに引《ひ》っ越《こ》した。「また遊《あそ》びに行《い》くよ」なんて言《い》われたけれど、本当《ほんとう》にまたなんてあるのだろうか。

ふて寝《ね》している僕《ぼく》に、お母《かあ》さんが言《い》った。

「そういえばさっき、木下君《きのしたくん》から手紙《てがみ》が届《とど》いたわよ」

はい、と手渡《てわた》された封筒《ふうとう》を僕《ぼく》は慌《あわ》てて開《ひら》いた。木下君《きのしたくん》からの手紙《てがみ》には短《みじか》い文章《ぶんしょう》と、スマホの連絡先《れんらくさき》が書《か》いてあった。

『インターネットを使《つか》ったらこれからも遊《あそ》べるんだって！』

僕《ぼく》はお母《かあ》さんから借《か》りたスマホを使《つか》って、木下君《きのしたくん》に連絡《れんらく》した。そして通話《つうわ》を繋《つな》いで、僕達《ぼくたち》はお互《たが》いのゲームのアカウントを登録《とうろく》し合《あ》った。

「よっしゃ、もう一回戦《かいたたか》おうぜ」

「うん！」

今《いま》、僕《ぼく》たちは遠《とお》く離《はな》れたところに住《す》んでいる。直接顔《ちょくせつかお》を見《み》て話《はな》すことはとても難《むずか》しいことだ。だけどどれだけ離《はな》れていても、こうして声《こえ》を交《か》わして一緒《いっしょ》に遊《あそ》ぶことはできる。

「すげぇ楽《たの》しい」と笑《わら》い声《ごえ》を上《あ》げる木下君《きのしたくん》に、僕《ぼく》は大《おお》きな声《こえ》で言《い》った。

「僕《ぼく》も！」

武田綾乃

（たけだ・あやの）1992年、京都府生まれ。第8回日本ラブストーリー大賞最終候補『今日、きみと息をする。』で2013年にデビュー。「響け！ ユーフォニアム」シリーズはテレビアニメ化もされ、人気を博している。その他の著書に、『青い春を数えて』『その日、朱音は空を飛んだ』、「君と漕ぐ」シリーズ、『愛されなくても別に』など。

フツーの日《ひ》

伊藤理佐《いとうりさ》

ちょっと未来《みらい》。

人類《じんるい》はやっぱり増《ふ》えすぎてしまった。牛丼《ぎゅうどん》で言《い》ったら「大盛《おおも》り、つゆだくだくだく」な感《かん》じだ。政府《せいふ》は「並盛《なみも》り」にしたいと考《かんが》えて、苦渋《くじゅう》の決断《けつだん》、「Go《ゴー》 To《トゥー》 人生《じんせい》で一番幸《いちばんしあわ》せだった一瞬《いっしゅん》！」を、始《はじ》めた。「Go《ゴー》 To《トゥー》 人生《じんせい》で一番幸《いちばんしあわ》せだった一瞬《いっしゅん》！」ってのは、なーんか、やさしい風味《ふうみ》だそうとがんばったネーミングだけど、「人間《にんげん》の間引《まび》き」という、厳《きび》しい政策《せいさく》なのだ。

専用《せんよう》の薬《くすり》を投与《とうよ》し、自宅《じたく》や施設《しせつ》など（家族《かぞく》や看護師《かんごし》が見届《みとど》けられるところ）で寝《ね》る。その時《とき》に今《いま》までの人生《じんせい》の「一番幸《いちばんしあわ》せな一瞬《いっしゅん》」を念《ねん》じる。そこに意識《いしき》が飛《と》ばない（あるいは間違《まちが》える）と、そのまま死亡《しぼう》。意識《いしき》がちゃんと飛《と》んで、しかも幸《しあわ》せな一瞬《いっしゅん》を間違《まちが》えなかった人《ひと》だけ生《い》き返《かえ》るという、ひなんごうごう、の政策《せいさく》だ。だれが正《ただ》しい判断《はんだん》すんだよ、でも、人類《じんるい》は増《ふ》えすぎてしまったのじゃ、と専門家《せんもんか》は言《い》う。

通知《つうち》と薬《くすり》は、成人男女《せいじんだんじょ》に無作為《むさくい》に届《とど》く。いつくるかはわからないが通知《つうち》がこない人《ひと》はいない。2度目《どめ》はない。アイコ35歳《さい》にも通知《つうち》がきた。35歳《さい》はちょっと早《はや》め。


「ママさ、とっとと、やるわ。今晩《こんばん》やっちゃう」

アイコはママだ。

「って、ママ、人生《じんせい》で一番幸《いちばんしあわ》せだった瞬間《しゅんかん》わかってるの？　間違《まちが》えると死《し》んじゃうんだよ？」

優《やさ》しい夫《おっと》ヨシオと10歳《さい》の娘《むすめ》ミカと3人家族《にんかぞく》。おとなりのタクヤ君《くん》ちのママだって……と、ミカとヨシオは鼻《はな》（涙《なみだ》）を盛大《せいだい》にたらしている。

「結婚式《けっこんしき》か、ミカが産《う》まれた瞬間《しゅんかん》だから、大丈夫《だいじょうぶ》」

ほんと、大丈夫《だいじょうぶ》。だってそこしかないもの。ひょい。薬《くすり》を飲《の》んだ。


「え？」

バスに乗《の》っていた。これは帰《かえ》り道《みち》だ。夕方《ゆうがた》の山道《やまみち》をのぼって、カーブ曲《ま》がって、もうちょっとしたら道《みち》のへこみでどんと揺《ゆ》れるぞ。どん。制服《せいふく》のリボン。手《て》の甲《こう》、若《わか》い。なるほど。窓《まど》に反射《はんしゃ》で映《うつ》った自分《じぶん》の顔《かお》がピチピチだ。高校生《こうこうせい》じゃん、わたし。

(間違《まちが》えたんだ……)

通学《つうがく》にバス片道《かたみち》50分《ぷん》も乗《の》らないといけなくて、早《はや》く卒業《そつぎょう》したかった。東京《とうきょう》の大学《だいがく》に行《い》きたくて勉強《べんきょう》ばっかしてた。どうしてこんなフツーの日《ひ》にきちゃったんだ⁇

(死《し》ぬんだ……)

不思議《ふしぎ》だ。なんでかおちついている。いつもの夕日《ゆうひ》が見《み》える。山《やま》の間《あいだ》に沈《しず》むんだよね。大《おお》きいの。ああ、今日《きょう》もきれいだな、まぶし~……


で、アイコは死《し》ななかった。生《い》きている。間違《まちが》えてなかったのだ。人生一番《じんせいいちばん》の瞬間《しゅんかん》は、あそこだったらしい。ほんと、あそこか？　幸《しあわ》せって何《なん》だ？　今《いま》でも不思議《ふしぎ》だ。でも生《い》きている。ミカとヨシオはどこに戻《もど》ったかは熱心《ねっしん》に聞《き》いてこない。選挙《せんきょ》でだれに一票《ぴょう》入《い》れたか追及《ついきゅう》しないような感《かん》じで。ミカとヨシオが薬《くすり》を飲《の》む日《ひ》、言《い》ってみようかな、と思《おも》う。特別《とくべつ》な日《ひ》じゃなくて、なんかとてつもなくフツーの日《ひ》かもよ、なんかそういうもんじゃない？　って。先輩風《せんぱいかぜ》ふかして。

伊藤理佐

（いとう・りさ）１９６９年、長野県生まれ。１９８７年「月刊ＡＳＵＫＡ」掲載の「お父さんの休日」でデビュー。２００５年『おいピータン!!』で第29回講談社漫画賞少女部門受賞。２００６年、『女いっぴき猫ふたり』『おんなの窓』など一連の作品で第10回手塚治虫文化賞短編賞受賞。２００７年、漫画家の吉田戦車さんと結婚。２０１０年、第一子出産。代表作に『やっちまったよ一戸建て!!』『おかあさんの扉』『女のはしょり道』などがある。

Street for you《ストリート　フォー　ユー》

西尾維新《にしおいしん》

「世界中《せかいじゅう》のどこにでも行《い》けるとしたらどこに行《い》きたい？　第三希望《だいきぼう》まで答《こた》えよ」社会《しゃかい》の授業《じゅぎょう》で提示《ていじ》されたそんな問《と》いに対《たい》して僕《ぼく》はまず①ラスベガスと回答《かいとう》した。一攫千金《いっかくせんきん》のイメージ。むろんラスベガスはギャンブルの街《まち》と言《い》うよりギャンブルを含《ふく》む大人《おとな》のエンターテインメントの街《まち》であって男子小学生《だんししょうがくせい》の出《で》る幕《まく》はないのだが男子小学生《だんししょうがくせい》にその知見《ちけん》はなかった。続《つづ》けて②パリと回答欄《かいとうらん》に意気揚々《いきようよう》と記《しる》す僕《ぼく》。お洒落《しゃれ》アートに対《たい》する憧《あこが》れが如実《にょじつ》に現《あらわ》れた。ジャージで登校《とうこう》していた時代《じだい》の僕《ぼく》らしさである。そして逡巡《しゅんじゅん》の末《すえ》に書《か》いたのが③南極《なんきょく》。教室内《きょうしつない》の誰《だれ》も書《か》かないであろうエキセントリックな回答《かいとう》をして目立《めだ》ちたかったのだ。実際《じっさい》には南極《なんきょく》は世界中《せかいじゅう》から研究者《けんきゅうしゃ》がわんさか集《あつ》まる知名度《ちめいど》の高《たか》い地名《ちめい》でありクラスメイトの半数近《はんすうちか》くが候補地《こうほち》に入《い》れていた。第一希望《だいいきぼう》に入《い》れている猛者《もさ》も多数《たすう》。しまった、北極《ほっきょく》にすべきだったか？　のみならず①ラスベガスも②パリもみんなと被《かぶ》りまくりで僕《ぼく》に、そして僕《ぼく》らに独自性《どくじせい》なんてものはないのだと思《おも》い知《し》らされる結果《けっか》となった、ひとりを除《のぞ》いて。

挙《あ》げられていた具体的《ぐたいてき》な地域名《ちいきめい》は男子小学生《だんししょうがくせい》の頭《あたま》にはまるで入《はい》って来《こ》なかったけれど、あの子《こ》の回答《かいとう》は①内戦中《ないせんちゅう》の街《まち》②極貧《ごくひん》の土地《とち》③圧政《あっせい》の国《くに》だった。セレクトの理由《りゆう》は共《きょう》通《つう》していて「困《こま》っている人《ひと》が多《おお》い場所《ばしょ》に行《い》けばより多《おお》くの人《ひと》を助《たす》けられるから」。もちろん教室《きょうしつ》の爆笑《ばくしょう》を誘《さそ》い、担任《たんにん》だけは真面目《まじめ》に「今《いま》は社会《しゃかい》の授業中《じゅぎょうちゅう》であって道徳《どうとく》じゃない。いい格好《かっこう》をするな」ときつく叱《しか》りつけていた。「確《たし》かに格好《かっこう》つけちゃったかも。ごめんごめん」あの子《こ》はふざけた回答《かいとう》を謝《あやま》っていた。

そんな授業《じゅぎょう》から二十年《ねん》が経過《けいか》した今《いま》にして思《おも》えばあの子《こ》は担任《たんにん》よりもよっぽど大真面《おおまじ》目《め》だった。格好《かっこう》つけちゃったと認《みと》めたのはセレクトではなく道徳的《どうとくてき》な理由《りゆう》のほうだ。あの子《こ》はうんざりするほど独自性《どくじせい》のないクラスメイトが絶対《ぜったい》に選《えら》ばないであろう、教室内《きょうしつない》の誰《だれ》とも被《かぶ》らない、南極《なんきょく》や北極《ほっきょく》以上《いじょう》の候補地《こうほち》を消去法《しょうきょほう》で回答《かいとう》していたのだ。たやすく人《ひと》を笑《わら》ったり叱《しか》ったりする連中《れんちゅう》と万《まん》が一《いち》にも顔《かお》を合《あ》わせなくて済《す》む旅先《たびさき》。それがあの子《こ》が行《い》きたいと心《こころ》から希望《きぼう》する居場所《いばしょ》だった。そうは言《い》いつつ小中学生《しょうちゅうがくせい》の頃《ころ》はどのクラスにもひとりくらいはいた除《のぞ》かれがちな本物《ほんもの》の変《か》わり者《もの》とは大人《おとな》になって以来《いらい》とんと遭遇《そうぐう》していないと感《かん》じていたが、なんのことはない、あの子《こ》は堅実《けんじつ》に将来《しょうらい》の夢《ゆめ》を叶《かな》えたのだろう、どこにも行《い》けない僕《ぼく》らと違《ちが》って。

西尾維新

（にしお・いしん）　1981年生まれ。『クビキリサイクル　青色サヴァンと戯言遣い』で第23回メフィスト賞を受賞し、デビュー。同作に始まる戯言シリーズ、アニメ化された『化物語』に始まるシリーズ、テレビドラマ化された『掟上今日子の備忘録』に始まる忘却探偵シリーズなど著書多数。漫画原作者としても活躍し、代表作に『めだかボックス』『症年症女』がある。

マリーゴールド

須賀《すが》しのぶ

「ミズキ、お願《ねが》い。花壇《かだん》の土《つち》、ちょっとわけてくれない？」

花壇《かだん》の手入《てい》れをしている最中《さいちゅう》、いきなり声《こえ》をかけられた。手《て》を止《と》めて見上《みあ》げると、幼《アキ》なじみが空《あ》きビンを差《さ》しだした。

「土《つち》？　花《はな》じゃなくて？」

園芸部《えんげいぶ》にいるとたまに花《はな》がほしいと言《い》ってくる人《ひと》はいる。でも土《つち》は初《はじ》めてだ。

「うん。あのさ、タカミ先輩《せんぱい》っているじゃん？」

理由《りゆう》を訊《き》く前《まえ》に、アキはぼくの隣《となり》にしゃがみこんで話《はな》しだした。

「野球部《やきゅうぶ》の？」

「そう、もう引退《いんたい》したけどね。うちのお兄《にい》ちゃんと同《おな》じ高校《こうこう》行《い》って甲子園《こうしえん》行《い》くのが夢《ゆめ》なんだって。だから甲子園《こうしえん》の土《つち》、あげちゃった」

「へー……って、ヨウ兄《にい》が持《も》ち帰《かえ》ったやつ？」

それって大切《たいせつ》なものじゃないのか。

「そうだよ。ほら、今《いま》の三年生《ねんせい》、大会《たいかい》とかないまま部活引退《ぶかついんたい》したし、なにか応援《おうえん》したくてさ。そしたら先輩《せんぱい》、高校生《こうこうせい》になったら必《かなら》ず甲子園《こうしえん》行《い》って、新《あたら》しく土《つち》を持《も》ち帰《かえ》って返《かえ》すよって約束《やくそく》してくれた。かっこよくない？」

はずんだ声《こえ》に応《こた》えるように、大輪《たいりん》のマリーゴールドが揺《ゆ》れる。八重咲《やえざ》きの、太陽《たいよう》みたいな花《はな》。

「でも、ヨウ兄《にい》のだろ。やばいって」

「上京《じょうきょう》する時《とき》、自分《じぶん》の分《ぶん》は持《も》っていったよ。うちにあるのはママ用《よう》」

「……よけいやばいんじゃないの」

女手《おんなで》一つでヨウ兄《にい》とアキを育《そだ》てたおばさんはすごいと思《おも》う。でもおばさんは、自慢《じまん》のヨウ兄《にい》だけが大事《だいじ》らしい。

「だからダミーを置《お》くわけ。調《しら》べたら、甲子園《こうしえん》の土《つち》って黒土《こくど》と砂《すな》まぜてあるんだって。これと砂《すな》をまぜたら、それっぽくない？　ママが大切《たいせつ》なのは見栄《みば》えだけで中身《なかみ》なんて興味《きょうみ》ないからバレないよ」

アキは今《いま》を盛《さか》りと咲《さ》き誇《ほこ》る明《あか》るいイエローの花《はな》を見《み》て、肥料《ひりょう》をやったばかりの土《つち》に触《ふ》れた。冷《つめ》たい横顔《よこがお》。花《はな》は水《みず》や栄養《えいよう》をやりすぎても腐《くさ》るし、やらなければしおれてしまう。

ちゃんと育《そだ》てるのは、けっこう難《むずか》しい。

「……まあ、本物《ほんもの》がヨウ兄《にい》のところにあるならいいか」

ビンに土《つち》を入《い》れて、とくにきれいに咲《さ》いている花《はな》を何本《なんぼん》か切《き》って渡《わた》すと、アキは目《め》を丸《まる》くした。

「え、くれるの？　切《き》っちゃって大丈夫《だいじょうぶ》？」

「園芸部部長《えんげいぶぶちょう》として、サギの共犯《きょうはん》ってだけじゃイヤだしさ」

ぼくはきれいに花《はな》を咲《さ》かせるのが得意《とくい》だし、なにより好《す》きだ。

八重咲《やえざ》きの、大輪《たいりん》のマリーゴールド。花言葉《はなことば》は『逆境《ぎゃっきょう》を乗《の》り越《こ》えて生《い》きる』。

「きれいだね」

ビンの存在《そんざい》も忘《わす》れて花《はな》に見入《みい》り、アキはうれしそうに笑《わら》った。

太陽《たいよう》みたいに、満開《まんかい》だった。

須賀しのぶ

（すが・しのぶ）1972年、埼玉県生まれ。上智大学文学部史学科卒業。1994年「惑星童話」でコバルト・ノベル大賞の読者大賞を受賞しデビュー。2010年、『神の棘』が各種ミステリーランキングで上位にランクインし、話題となる。2013年「芙蓉千里」三部作で第12回センス・オブ・ジェンダー賞大賞、2016年『革命前夜』で第18回大藪春彦賞、2017年『また、桜の国で』で第4回高校生直木賞を受賞。近刊に、『荒城に白百合ありて』がある。

明日《あす》にひろがる物語《ものがたり》

辻村深月《つじむらみづき》

大翔《ひろと》に会《あ》えなくなって、二ヵ月以上《げついじょう》が過《す》ぎた。

今《いま》、こわい病気《びょうき》が流行《はや》っていて、それにかかると大変《たいへん》なんだということは知《し》っていた。そして、おじいちゃんおばあちゃんと暮《く》らす将矢《まさや》は特《とく》に注意《ちゅうい》するように、とお母《かあ》さんたちからくりかえし言《い》われていた。——そんなに言《い》われなくても知《し》ってるよって思《おも》うくらい、くりかえし。

ずっと休《やす》みだった学校《がっこう》は、行《い》けるようになってもすぐには元通《もとどお》りにならなかった。

「将矢《まさや》、まだ大翔《ひろと》くんに会《あ》えなくて残念《ざんねん》だね」

朝《あさ》、玄関《げんかん》でスニーカーを履《は》いていると、お母《かあ》さんが言《い》った。

「苗字《みょうじ》が〝い〟と〝や〟じゃ、離《はな》れてるもんね」

六月《がつ》から始《はじ》まった分散登校《ぶんさんとうこう》は、クラスを出席番号順《しゅっせきばんごうじゅん》に三分《ぶん》の一に分《わ》けて、交代《こうたい》で学校《がっこう》に通《かよ》う。そして、出席番号《しゅっせきばんごう》はあいうえお順《じゅん》だ。

伊崎大翔《いざきひろと》と、矢野将矢《やのまさや》。いざきはA《エー》グループで、やのはC《シー》グループ。教室《きょうしつ》にまだ大翔《ひろと》はいない。

お母《かあ》さんに向《む》けて、将矢《まさや》は首《くび》を振《ふ》る。

「しかたないよ」

口《くち》にすると、言《い》ったのは自分《じぶん》なのに、胸《むね》がぎゅうっとなった。

「いってきます」

学校《がっこう》では、教室《きょうしつ》の席《せき》はまだスカスカ状態《じょうたい》だった。あんまりくっついて話《はなし》をしないように、と言《い》われているから、来《き》ている子《こ》たちともほとんど会話《かいわ》することなく、あっという間《ま》に下校時間《げこうじかん》になる。

校門《こうもん》を出《で》て、家《いえ》の方向《ほうこう》に歩《ある》き出《だ》そうとした——その時《とき》。

「将矢《まさや》！」

声《こえ》に顔《かお》を上《あ》げて——将矢《まさや》は息《いき》をのんだ。

見間違《みまちが》いかと思《おも》ったけど——大翔《ひろと》が、立《た》っていた。

顔《かお》の半分《はんぶん》を覆《おお》う大《おお》きなマスクをして、自転車《じてんしゃ》にまたがっている。額《ひたい》と髪《かみ》に、汗《あせ》がたくさん光《ひか》っている。

「大翔《ひろと》……」

驚《おどろ》きすぎて、すぐには声《こえ》が出《で》てこなかった。

だけど——待《ま》っててくれたんだ、とわかった。

今日《きょう》は自分《じぶん》の登校日《とうこうび》じゃないのに。

「なんで、いるの」

「べつに」

大翔《ひろと》が答《こた》える。少し困った、みたいな顔で笑った。

大翔《ひろと》の自転車《じてんしゃ》のカゴに本《ほん》が一冊《さつ》、入《はい》っている。それを見《み》て、将矢《まさや》の口《くち》から「あっ」と声《こえ》が出《で》る。

「その本《ほん》、オレも持《も》ってる！」

将矢《まさや》の声《こえ》に、大翔《ひろと》がびっくりしたように本《ほん》を手《て》に取《と》った。

「マジで？」

「うん。おじいちゃんたちがオレが、ジシュクの間《あいだ》、退屈《たいくつ》しないようにって買《か》ってくれた」

「じゃ、どのシーン好《す》き？　てかさ、ラスト、驚《おどろ》かなかった？」

「すげえ驚《おどろ》いた。だけど、すっご、大翔《ひろと》、最後《さいご》まで読《よ》んだの？」

意外《いがい》だった。大翔《ひろと》はあまり本《ほん》とか読《よ》まないタイプだと思《おも》ってたのに。

「まあ……」

大翔《ひろと》が照《て》れくさそうに頷《うなず》く。

「将矢《まさや》が読《よ》んだことなかったら、貸《か》そうかと思《おも》ってた」

胸《むね》がいっぱいになって、ありがとう、の一言《ひとこと》が口《くち》から出《で》てこない。言《い》ってしまうのがもったいないくらい気持《きも》ちがいっぱいになると、一番伝《いちばんつた》えたい言葉《ことば》は出《で》てこないんだ、と初《はじ》めて知《し》った。

二人《ふたり》で前後《ぜんご》に間隔《かんかく》をあけて、歩《ある》き出《だ》す。歩《ある》きながらずっと、その本《ほん》の話《はなし》をした。会《あ》えなかった間《あいだ》に、自分《じぶん》の好《す》きなその本《ほん》を大翔《ひろと》も別《べつ》の場所《ばしょ》で読《よ》んでいて、その話《はなし》が今一《いまいっ》緒《しょ》にできるなんて、すごく不思議《ふしぎ》な気分《きぶん》だった。

将矢《まさや》の家《いえ》に着《つ》く直前《ちょくぜん》、大翔《ひろと》が「じゃあ」と言《い》って、自転車《じてんしゃ》の向《む》きを変《か》えた。

「あ、まって」

将矢《まさや》が呼《よ》び止《と》め、ようやく口《くち》にする。

「ありがと。会《あ》いにきてくれて」

大翔《ひろと》は今度《こんど》も、少《すこ》し困《こま》った、みたいに笑《わら》って、「別《べつ》に」と言《い》った。

「じゃあ、また」

マスクをした顔《かお》を前《まえ》に向《む》け、自転車《じてんしゃ》をこぎだす。

「うん、またね！」

声《こえ》を張《は》り上《あ》げて、将矢《まさや》も大翔《ひろと》の背中《せなか》に呼《よ》びかける。

照《て》りつける太陽《たいよう》の下《した》、「またね」と、明日《あす》に向《む》けての約束《やくそく》ができることが、とても――

とてもうれしかった。

辻村深月

（つじむら・みづき）１９８０年生まれ、山梨県出身。２００４年、『冷たい校舎の時は止まる』で第31回メフィスト賞を受賞し、デビュー。『ツナグ』で第32回吉川英治文学新人賞、『鍵のない夢を見る』で第１４７回直木賞を受賞、『かがみの孤城』で第15回本屋大賞第１位となる。その他の著作に『スロウハイツの神様』『ハケンアニメ！』『朝が来る』『傲慢と善良』『小説　映画ドラえもん　のび太の月面探査記』などがある。

花火《はなび》

森見登美彦《もりみとみひこ》

今夜《こんや》は何《なに》をする気力《きりょく》も湧《わ》きません。

というわけで、何《なに》もかも「つもり」で済《す》ませるつもりです。

まずはゴージャスな夕食《ゆうしょく》を用意《ようい》したつもり。ふたりとも満腹《まんぷく》になったつもり。あなたに食器《しょっき》を洗《あら》ってもらったつもり。その間《あいだ》にわたしが洗濯物《せんたくもの》を畳《たた》み、お風呂《ふろ》を沸《わ》かしたつもり。

でも、やっぱり、このまま眠《ねむ》るのは物足《ものた》りない。

「夜《よる》の散歩《さんぽ》なんて、どう?」

あなたがそう言《い》ってくれたなら、こちらも賛成《さんせい》するつもり。

団地《だんち》から出《で》ると夜風《よかぜ》が意外《いがい》に涼《すず》しかったりして。ふたりで静《しず》かな町《まち》を歩《ある》いていくつもり。夜《よる》の商店街《しょうてんがい》を通《とお》りすぎて、夜《よる》の図書館《としょかん》を通《とお》りすぎて、夜《よる》の公園《こうえん》を通《とお》りすぎて。そうして歩《ある》きながら、子《こ》ども時代《じだい》の夏《なつ》の思《おも》い出《で》を語《かた》り合《あ》ったりして。

あなたは「ラムネが飲《の》みたい」なんて言《い》うんでしょうね。

そのうち町《まち》のはずれで小《ちい》さな祭《まつ》りを見《み》つけるつもり。地元《じもと》の人《ひと》だけが集《あつ》まっているような小《ちい》さな神社《じんじゃ》の祭《まつ》りがふさわしいのでは？　イチゴやメロンのかき氷《ごおり》とか、まっ白《しろ》の綿《わた》アメとか、電球《でんきゅう》を灯《とも》した夜店《よみせ》があって。あなたは喜《よろこ》んでラムネを買《か》うでしょう。ちょうど飲《の》みたがっていたところですからね。でもあなたがそんなふうに空色《そらいろ》の瓶《びん》のガラス玉《だま》をカランカランいわせている間《あいだ》に、わたしはあなたとはぐれてしまう。

なぜって、お祭《まつ》りってそういうものでしょう。いつも誰《だれ》かが迷子《まいご》になっている……。

気《き》がつくとわたしは神社《じんじゃ》の裏手《うらて》に広《ひろ》がる野原《のはら》に佇《たたず》んでいる。彼方《かなた》を夜汽車《よぎしゃ》が走《はし》っていく。そして星《ほし》ひとつない夜空《よぞら》には、大《おお》きくて鮮《あざ》やかな虹《にじ》がかかっている。まるで凍《こお》りついた花火《はなび》のような、終《お》わりゆく世界《せかい》の予兆《よちょう》のような。あまりにもそれがきれいで、まがまがしいので、金縛《かなしば》りにあったように身体《からだ》は動《うご》かず、わたしは息《いき》を呑《の》むばかり。

しばらくすると背後《はいご》でカランと小《ちい》さな音《おと》がする。ラムネ瓶《びん》に入《はい》ったガラス玉《だま》の音《おと》。迎《むか》えにきてくれたあなたがわたしを呼《よ》んでいる。

暗《くら》がりへ手《て》を伸《の》ばして、わたしはあなたの手《て》を握《にぎ》る。

「ここです。わたしはここ」

そうして、わたしたちは夜《よる》の散歩《さんぽ》から帰《かえ》ってくる。

翌日《よくじつ》になり、翌々日《よくよくじつ》になり、一週間《しゅうかん》が経《た》ち、一ヵ月《げつ》が経《た》ち、一年《ねん》が経《た》ち、十年《ねん》が経《た》ち、いつまでも幸《しあわ》せに暮《く》らすつもり。でもときどき、あの虹《にじ》が見《み》える。まるで今《いま》、自分《じぶん》の目《め》の前《まえ》にあるかのように浮《う》かんでくる。そんなとき、ふとわたしは思《おも》うんです。本当《ほんとう》にわたしは帰《かえ》ってきたんだろうか？　帰《かえ》ってきたつもりになっているだけでは？　幸《しあわ》せに暮《く》らしてきたつもりになっているだけでは？

今《いま》でもわたしはあの野原《のはら》で夜《よる》の虹《にじ》を見上《みあ》げているのでは？

森見登美彦

（もりみ・とみひこ）1979年、奈良県生まれ。京都大学農学部卒業、同大学院農学研究科修士課程修了。2003年『太陽の塔』で日本ファンタジーノベル大賞を受賞しデビュー。2007年『夜は短し歩けよ乙女』で山本周五郎賞、2010年『ペンギン・ハイウェイ』で日本SF大賞を受賞。主な著書に『四畳半神話大系』『有頂天家族』『夜行』『熱帯』などがある。近著は『四畳半タイムマシンブルース』。

2020年　7月

Mon	Tue	Wed	Thu	Fri	Sat	Sun
		1 柏葉幸子	2 倉橋燿子	3 前川ほまれ	4 藤谷治	5 海猫沢めろん
6 浅生鴨	7 オカザキ・ヨシヒサ	8 矢野隆	9 大倉崇裕	10 小前亮	11 高田大介	12 支援BIS
13 鯨井あめ	14 かすがまる	15 まさきとしか	16 小野寺史宜	17 令丈ヒロ子	18 今村翔吾	19 砂原浩太朗
20 緑川聖司	21 篠原美季	22 木下昌輝	23 はやみねかおる	24 額賀澪	25 寺地はるな	26 パリュスあや子
27 浜口倫太郎	28 行成薫	29 矢部嵩	30 小林深雪	31 乗代雄介		

2020年　8月

Mon	Tue	Wed	Thu	Fri	Sat	Sun
					1 武川佑	2 矢崎存美
3 神津凛子	4 大沼紀子	5 一穂ミチ	6 犬塚理人	7 宮下恵茉	8 大山誠一郎	9 阿部智里
10 朝倉宏景	11 宮西真冬	12 澤田瞳子	13 三津田信三	14 石崎洋司	15 中島京子	16 一木けい
17 山内マリコ	18 白尾悠	19 宮下奈都	20 大崎梢	21 ぶんけい	22 最果タヒ	23 伴名練
24 天野純希	25 折原みと	26 武田綾乃	27 伊藤理佐	28 西尾維新	29 須賀しのぶ	30 辻村深月
31 森見登美彦						

初出　「tree」（2020年7月1日～2020年8月31日）

Story《ストーリー》 for《フォー》 you《ユー》

2021年3月23日　第1刷発行

講談社＝編

発行者　鈴木章一
発行所　株式会社　講談社
〒112-8001
東京都文京区音羽2-12-21
電話　［出版］03-5395-3506
［販売］03-5395-5817
［業務］03-5395-3615

本文データ制作　講談社デジタル製作
印刷所　豊国印刷株式会社
製本所　株式会社若林製本工場

N.D.C.913 236p 20cm
ISBN 978-4-06-522796-1

コロナ禍の奇跡――

Day to Day

2020.4.1-7.9

2020年4月以降の日本を舞台に描かれた
100人の小説家と109組の漫画家たちによる珠玉の作品、
ついに書籍化！

小説版、漫画版、小説と漫画が一体となった
豪華版の3冊同時刊行！

Day to Day

416頁

定価1760円（本体1600円＋税10%）

MANGA Day to Day

（上）384頁（下）368頁

定価1540円（本体1400円＋税10%）

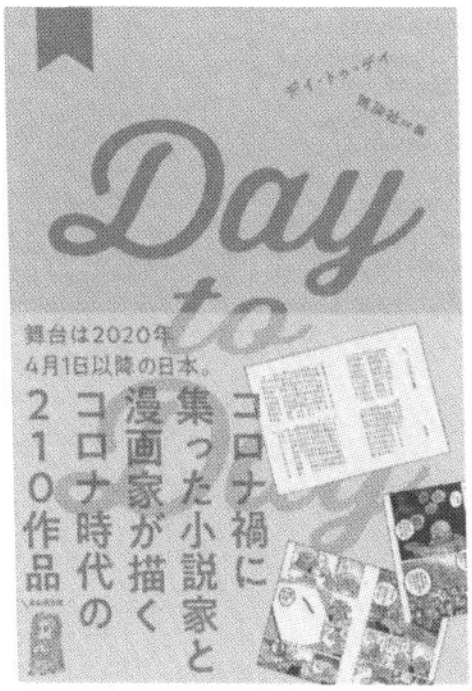

愛蔵版

Day to Day

函入り（3冊組）総ページ数1024頁

定価7150円（本体6500円＋税10%）